Pferdeinternat Inselglück

Ferienglück im Sattel

**Weitere Abenteuer im Pferdeinternat Inselglück:**

Milas großer Traum
Im Galopp zum Sieg
Liebe und Lampenfieber
Ein Sommer mit Herz
*Ferienglück im Sattel*

# Inhalt

# Auf Sendung!

Mila drückte auf den roten Aufnahmeknopf. Auf dem Display ihres Fotoapparats erschienen eine breit grinsende Tini und Renate, das Mini-Appaloosa-Pony. Tini hatte an die Hinterseite ihrer Jacke zwei Krawatten genäht, die ihr nun in die Kniekehlen baumelten. Mila vermutete, dass das Kleidungsstück, so wie es jetzt aussah, einen Frack darstellen sollte, wie ihn beispielsweise Zirkusdirektoren trugen. Diese Vermutung wurde durch die Gerte in Tinis linker Hand und die Verkleidung von Renate noch unterstrichen. Die hatte nämlich einen bunten Indianerfederschmuck auf dem Kopf und einen Hula-Hoop-Reifen um den Bauch, an dem mehrere Fetzen roter Tüll befestigt waren.

*Nicht* dazu passte allerdings die Zahnpastatube, die Tini nun begeistert in die Kamera hielt. Dabei verkündete sie mit gebleckten Zähnen: „Nicht vergessen: ‚*Putziweiß* – zweimal täglich, zwei Minuten. Da schaut Ihnen jeder Gaul gern ins Maul.'"

Mila wunderte sich ein wenig, beschloss aber, einfach weiterzufilmen.

Tini hörte auf, die Zähne zu fletschen, und quetschte die Zahnpastatube in die Hosentasche ihrer Reithose. Dann stellte sie sich breitbeinig hin und verkündete in die Kamera: „Hallo, ich bin Tini und das", sie deutete auf Renate, „ist Renate, das allerbeste, allerliebste und allerschlaueste Pony auf der ganzen Welt." Renate wandte sich mäßig interessiert ab und schnüffelte an dem Reifen, der sich mittlerweile zwischen ihren Vorderbeinen verheddert hatte. Doch Tini strahlte sie verliebt an und fuhr fort: „Meine lieben Zuschauer, herzlich willkommen bei *Renate ist die Größte!* In meinem neuen Videokanal möchte ich euch heute eine absolut einmalige Sensation zeigen!"

Tini riss die Augen auf und die Arme nach oben.

Renate schnupperte immer noch am Hula-Hoop-Reifen herum.

„Ein Pony, das durch einen brennenden Reifen springt! Tadaaa!"

Mit diesen Worten befreite sie Renate von dem Reifen

und hielt ihn ihr vor die Nase. Renate machte nicht die geringsten Anstalten, das Ding vor ihr auch nur irgendwie zu beachten – geschweige denn hindurchzuspringen. Sie stand einfach da und sah Tini an.

Verlegen lächelte Tini in die Kamera. „Manchmal brauchen auch begabte Pferde eine kleine Extra-Motivation", erklärte sie. Dann holte sie aus der zahnpastatubenfreien Hosentasche eine kleine, schrumpelige Möhre heraus und hielt sie Renate hin. „Na komm, spring!", forderte sie das kleine, gescheckte Pony auf.

Doch Renate schüttelte den Kopf und schnaubte. Sie schenkte der Möhre keinerlei Beachtung und trottete stattdessen zu Mila.

„Ich glaube, ich habe sie zu sehr verwöhnt", meinte Tini empört. „Du kannst die Kamera ausschalten. Das war ja wohl voll die Pleite!"

Mila strich sich eine braune Strähne aus dem Gesicht, drückte abermals auf den roten Knopf und ließ die Kamera sinken. Tini sah so bedröppelt drein, dass Mila sie am liebsten sofort in die Arme genommen und geknuddelt hätte.

„Ist doch nicht so schlimm", versuchte Mila ihre kleine Cousine zu trösten. „Filme mit Tieren sind schwierig. Da braucht man immer ein paar Versuche, bis es klappt!"

Tini zog die Oberlippe kraus. „Ja, logo, aber doch nicht mit Renate. Ich habe ihr vorher alles erklärt. Und sie hat es auch verstanden, das habe ich ganz deutlich gemerkt."

Mila strich Tini über die langen blonden Haare. „Na komm. Wir probieren es später noch einmal."

„Aber ich wollte den Film doch heute in dieses Netz stellen. Damit alle es sehen können. Mama hat gesagt, wir können einen Block auf einem Pokal aufmachen."

Mila stutzte. Einen Block auf einem Pokal aufmachen?

„Meinst du vielleicht, dass du einen Blog auf einem Portal aufmachen willst?", fragte Mila. „Einen Internetblog?"

„Hab ich das nicht gesagt?" Tini hob verwundert die Augenbrauen. „Ich will ein Tuben-Star werden und ganz viel Geld verdienen, damit Mama nie mehr arbeiten muss."

Mila kicherte. Ein Tuben-Star? Das wurde ja immer besser ... Nun ergab auch der Werbeslogan mit der Zahnpastatube plötzlich Sinn. Tini hatte da etwas missverstanden. Das war einfach zu witzig. „Dann wünsche ich dir auf jeden Fall viel Glück und dass viele Leute in diesem *Netz* deinen Film ansehen!", sagte Mila schnell und drehte ihr Gesicht weg, damit Tini nicht sah, wie sehr sie lachen musste.

Tini nickte. „Bestimmt. Jeder, der Renate sieht, *liebt* sie. Das ist einfach so“, stellte sie fest. Sie ging zu Renate hinüber, die sich zur Abkühlung im noch feuchten Gras wälzte, und vergrub ihre Nase in Renates weicher Mähne.

Mila sah ihre kleine Cousine und ihr Mini-Pony gerührt an. Dass Renate auf ihre alten Tage mit so viel Liebe überschüttet werden würde, hätte noch vor einem halben Jahr niemand geahnt. Sicher: Auch Mila liebte das kleine Pony, auf dem sie ihre ersten Reitversuche unternommen hatte, sehr. Aber seit sie Adesso von ihrem Vater geschenkt bekommen hatte, musste sie ihre Aufmerksamkeit auf zwei Pferde aufteilen.

Mila ließ ihre Gedanken zu Aurelie und ihrem Reitstall wandern, auf dem sie bis vor Kurzem den größten Teil ihrer Freizeit verbracht hatte, und ein behagliches, warmes Gefühl breitete sich in ihrem Bauch aus. In ihrer Vorstellung war alles zum Greifen nah: der Duft des Stalls, Aurelies braune, lustige Locken, die sie meist zu einem lockeren Knoten aufsteckte, und die gemütliche Reiterstube, in der sie nach dem gemeinsamen Reiten immer eine Tasse Rotbuschtee getrunken hatten.

Gleichzeitig war dieses Leben mittlerweile auch in

weite Ferne gerückt. Milas Eltern waren Ärzte und vor einem guten halben Jahr hatten sie sich entschlossen, für eine längere Zeit nach Kenia zu gehen. Und sie hatten *außerdem* beschlossen, Mila im *Pferdeinternat Inselglück* auf der Insel Marum unterzubringen, solange sie beruflich unterwegs waren. Zunächst war Mila mit dieser Idee alles andere als einverstanden gewesen. Sie hatte nicht auf ein Internat gehen wollen. Schon gar nicht auf eines, bei dem das Turnierreiten so im Mittelpunkt stand wie auf *Inselglück*. Schließlich sollte Reiten Spaß machen und keinen Stress erzeugen. Doch trotz aller anfänglichen Bedenken war das Internat mittlerweile zu Milas zweitem Zuhause geworden. Nicht zuletzt dank ihrer Tante Caro, die im Internat Mathe unterrichtete und mit ihrer Tochter Tini auch dort lebte. Außerdem hatte Mila auf der Insel echte Freunde gefunden, unter anderem ihre allerbeste Freundin Charly.

Und wenn Mila ehrlich war, konnte sie sich das Leben gar nicht mehr so recht ohne Marum, seine langen Strände, den unverwechselbaren Wind und seine freundlichen Bewohner vorstellen. Vor allem nicht ohne einen bestimmten Bewohner: Jan, den Sohn des Islandpferdehofs, der in ihre Klasse ging. Seit ein paar Wochen waren sie sogar ein Paar. Sie lächelte, als sie an seine blonden Wuschelhaare und seine Sommersprossen dachte.

Vor drei Tagen hatten die Sommerferien begonnen und die meisten von Milas Mitschülern waren zu ihren Eltern nach Hause gefahren. Mila war froh, dass Charly eine Sondergenehmigung erhalten hatte, hierzubleiben. Zu Hause war Charly nämlich eine waschechte Prinzessin. Aber der Rummel nervte sie und sie hatte überhaupt keine Lust, mit ihren Eltern auf den Sommerlandsitz der Familie zu Löwenstein-Gabelsberg zu fahren und Charlotte Arlene (so hieß Charly mit vollem Namen) zu sein. Viel lieber wollte sie Charly genannt werden und auf ihrer Stute Vanilla reiten. Mila konnte das sehr gut verstehen.

Außer Charly, Tante Caro und Tini war nur die Köchin Frau Käthe im Internat geblieben. Und natürlich Herr Gründgen, der Stallmeister, und sein Sohn Michel.

Michel kam gerade mit einer Schubkarre zum Pferdeäpfelaufsammeln auf die Koppel gefahren. Er stellte die Karre ab und wischte sich mit der Hand den Schweiß von der Stirn. Dann schlenderte er zu ihnen herüber.

„Heute ist es einfach für *alles* zu heiß“, stellte er müde fest. „Und ganz besonders zum Arbeiten. Was treibt ihr so?“

„Och, nichts Besonderes", antwortete Mila, schnappte sich die Mistschaufel und fing ganz selbstverständlich an, den Pferdemist auszuheben. „Wir versuchen, reich und berühmt zu werden."

Michel grinste. „Bin nicht sicher, ob das mit Pferdeäpfeln klappt."

Mila grinste zurück. „Kennst du etwa nicht die berühmte Pferdeapfel-Theorie? Es bringt Glück, wenn man sie aufsammelt. Je mehr, desto besser."

„Dann habe ich wohl für den Rest meines Lebens das Glück gepachtet", meinte Michel und machte eine Siegerfaust. „Yippie!"

Nun kam auch wieder Leben in Tini und sie schaute aus der mittlerweile ziemlich verstrubbelten Mähne von Renate zu ihnen hoch.

„Das hättest du mir mal früher sagen sollen", schmollte sie. „Deswegen ist sie also nicht gesprungen – wir hätten Pferdeäpfel gebraucht."

Verwirrt blickte Michel abwechselnd von Mila zu Tini. „Ich bitte um Aufklärung. Ich kapiere gar nichts."

Mila seufzte und reichte Tini die Schaufel. „Hier! Gib dein Bestes! Und dann sehen wir mal, ob Renate durch den Reifen geradewegs ins Internet springt."

# Sehnsuchts-Cupcakes

Mila bürstete Adessos Rücken. Hatte sein Fell schon immer so geglänzt? Es kam ihr fast so vor, als könnte man sich darin spiegeln. Das war ein wirklich gutes Zeichen. Adesso fühlte sich hier auf *Inselglück* mehr als wohl und das Springtraining schien ihm auch nichts auszumachen. Er sah einfach toll aus und er war besser in Form als jemals zuvor. Sie lehnte ihren Kopf an Adessos Kruppe und sog den warmen, erdigen Duft ein. Um nichts auf der ganzen Welt würde sie diese Momente aufgeben wollen. Adesso wandte den Kopf zu ihr nach hinten und schnaubte.

„Ich mach ja schon weiter mit der Extra-Massage", sagte Mila lachend. „Gefällt dir die neue Bürste? Und das Öl, das ich dir gekauft habe?"

Adesso schnaubte noch einmal.

Mila sprühte aus der Pumpflasche ein wenig Öl auf Adessos Hals und begann, die Muskeln mit der Hand behutsam zu lockern.

„Schade, dass du mich nicht auch massieren kannst, mein Schöner", sagte Mila. „Meine Schultern könnten ebenfalls ein wenig Entspannung gebrauchen."

Michel sah über die Boxentür. „Stehe dir jederzeit zur Verfügung!", sagte er. „Ich bin Profi. Ich krieg alle Muskeln weich."

Mila wurde rot und begann zu schwitzen. Mist. Alles, nur das nicht ... Michel hatte also gehört, was sie eben zu Adesso gesagt hatte. Er wusste doch, dass er für sie nur ein Freund war. Ein guter Freund. Musste er sie immer so in Verlegenheit bringen? Obwohl ... wer sagte denn, dass das Massage-Angebot nicht rein freundschaftlich gewesen war?

„Äh ... ja ... danke. Später vielleicht", stammelte sie und verkroch sich mitsamt Sprühflasche und Bürste unter Adessos Bauch, damit Michel nicht sah, wie unangenehm ihr die Situation war.

Oh Mann, war das alles kompliziert. Michel hatte es zwar nie so richtig ausgesprochen, aber es war klar, dass er Mila mehr als nur nett fand. Von Anfang an. Und auch

Mila mochte den ein Jahr älteren Michel sehr. Er blieb stets ruhig und überlegt und sie fühlte sich in seiner Gesellschaft pudelwohl. Richtig geborgen. Und sicher. Aber es waren eben eher Bruder-Schwester-Gefühle, die sie für ihn hatte. Nicht diese verliebten Schmetterlingsgefühle, die sie empfand, wenn sie an Jan dachte. Doof, dass der ausgerechnet die ersten zwei Wochen der Ferien bei seiner Oma in England war. Sie vermisste ihn. Die Sehnsucht hatte schon ein richtiges Loch in ihr Herz gebissen.

Michel hatte offensichtlich von dem Gefühlschaos in ihrem Inneren gar nichts mitbekommen, denn er schlug unbekümmert vor: „Habt ihr, du und Charly, nachher Lust auf einen kleinen Ausritt zu den Dünen? Ich muss Pferdinand noch ein wenig bewegen …“

Mila nickte. Michel kümmerte sich wirklich spitzenmäßig um das Schulpferd, das er in Pflege hatte.

„Klar, gerne“, antwortete sie erleichtert. „Ich bin in zehn Minuten mit Charly bei Frau Käthe verabredet. Dann frage ich sie.“

„Frau Käthe, Sie sind einfach die Beste, wissen Sie das?“ Mila nahm sich einen riesigen Cupcake vom Tablett, das die Köchin ihr hinhielt.

„Klar weiß ich das." Frau Käthe lachte. „Ohne mich würdet ihr hier alle verhungern."

Mila nickte und biss ein Riesenstück aus dem rosafarbenen Cupcake. Dabei rutschte die aufwendige Verzierung aus Sahnehaube und dunkelroter Kirsche herunter.

„Vorsicht. Notfall-Mundraub!", rief Charly, duckte sich unter Milas Hand hindurch und ließ die Sahne mitsamt der Kirsche in ihren geöffneten Mund fallen.

„Oh, hoppla. Danke", sagte Mila. „Ohne deinen vollen Körpereinsatz wär das eine ganz schöne Sauerei geworden."

„Gern geschehen", mampfte Charly mit vollen Backen und nahm sich selbst eines der duftenden Törtchen.

„Womit haben wir denn dieses Verwöhn-Gebäck eigentlich verdient?", fragte Mila, die plötzlich misstrauisch geworden war. Vielleicht erwartete Frau Käthe nun zehn Stunden Küchenmithilfe als Dank dafür?

Die rundliche Köchin rückte ihre Kochhaube zurecht und guckte Mila und Charly mitleidig an. „Ihr Schätzchen tut mir einfach so schrecklich leid!" Dann ging sie auf die Mädchen zu und drückte sie so fest an sich, dass Mila der Atem wegblieb. Charly, die gerade wieder vom Cupcake abgebissen hatte, begann zu husten. „Ohne

Mama und Papa, ganz allein hier auf der Insel. Das ist wirklich kaum zu ertragen. Ihr armen, armen Küken", schniefte Frau Käthe.

„Aber …" Charly wollte etwas einwenden, aber Frau Käthe drückte sie nur noch fester an ihre Brust und machte damit jedes weitere Wort unmöglich.

„Und dann ist Jan auch noch in England …", schluchzte Frau Käthe weiter. Sie lockerte ihre Umarmung und die beiden Mädchen glitten an der Schürze der Köchin nach unten, bis sie wieder fest auf ihren eigenen Beinen standen.

Charly und Mila sahen einander an und mussten kichern.

„… und da dachte ich, ich back euch mal so richtig schöne Cupcakes. Was für Leib und Seele, ihr wisst schon."

„Alles halb so wild, Frau Käthe", meinte Charly, als sie ihren Cupcake fast vollständig vertilgt hatte. „Es geht uns eigentlich ganz gut. Und wir sind ja freiwillig in den Sommerferien hier im Internat geblieben."

Mila rollte mit den Augen und bedeutete Charly, leise zu sein. Dann verzog sie ihre Mundwinkel nach unten und flüsterte: „Charly, du musst hier nicht die Starke spielen. Es stimmt. Es geht uns überhaupt nicht gut und es ist gerade nicht leicht für uns. Wir fühlen uns schrecklich allein." Mila tat so, als müsste sie sich eine Träne aus dem Augenwinkel wischen.

Charly sah Mila verständnislos an.

„Ich wusste es!" Frau Käthe griff sich einen Teller und schichtete in Windeseile alle Törtchen darauf. „Hier, nehmt sie alle mit. Das ist wenigstens ein kleiner Trost."

Mila nickte mit ernstem Gesicht. „Ich danke Ihnen. Sie haben unser Elend damit wirklich versüßt."

Charly packte mit an und gemeinsam trugen sie den Kuchenberg aus der Küche.

„Sag mal, das stimmt doch gar nicht", sagte Charly empört. „Uns geht es doch prima. Oder habe ich irgendwas verpasst?"

Mila grinste. „Nee, hast du nicht. Aber diese kleine Notlüge hat uns genug Proviant für unseren Strandausritt eingebracht."

# Lange Sommerweile

Mila ließ sich auf Charlys Bett plumpsen. „Ich habe das Gefühl, die Cupcakes sind in meinem Bauch noch einmal aufgegangen", stöhnte sie. „Ich platze."

„Ich will dir ja nicht zu nahe treten, aber du hast sechs Stück verdrückt! Da muss nichts mehr aufgehen, das ist einfach zu viel", stellte Charly nüchtern fest.

Mila rollte sich schwerfällig herum und stützte ihren Kopf auf die Hand. „Okay, hast ja recht. Aber ich habe nicht so viel gegessen wie Renate. Hast du gesehen, wie Tini sie mit den selbst gebackenen Hafer-Apfel-Pferdeleckerlis gemästet hat?" Mila kicherte. „Die Dinger haben den Test echt bestanden. Dann kann Tini sowohl das Rezept als auch eine überglückliche und pummelige Renate ins Netz stellen."

„Ist doch süß, dass Tini ihr eigenes Geld verdienen will", meinte Charly. „Vielleicht wird *Cindy* auf Tini aufmerksam und sie wird berühmt?" Charly nahm die neueste Ausgabe der Krimi-Pferdezeitschrift zur Hand, die Tini bei ihr vergessen hatte. Diesmal hatte Comic-Cindy einen Fall auf einem benachbarten Bauernhof zu lösen. Außerdem hatte sie unzählige Tipps in Sachen Pferdefrisuren parat. Eigentlich gefiel Mila die Zeitschrift nicht besonders, aber seit sie vor einiger Zeit mit Cindys Hilfe Michel hatte helfen können, blätterte sie ganz gerne darin herum.

Mila streckte die Beine aus. Der Ausflug war schön gewesen. Sommer, Sonne und Strand gehörten mittlerweile genauso zu ihrem Leben wie Adesso und Renate. Adesso liebte es, im Wasser zu tollen und sich ein wenig abzukühlen – das Thermometer zeigte seit Tagen deutlich mehr als 30° C an. Und Mila liebte das Gefühl, über den Strand zu galoppieren. Der weiche Untergrund, Adessos geschmeidige Bewegungen und der salzige Duft vom Meer – in diesen Augenblicken wusste Mila, dass alles gut und richtig war. Und dass sie alle kommenden Probleme auf Adessos Rücken lässig überspringen würde.

Als sie von Kopf bis Fuß durchnässt gewesen waren, hatten sie sich im Windschatten einer Düne niedergelassen und Frau Käthes Cupcakes gegessen. Tini hatte noch eine Kanne Kakao dabeigehabt.

Pferdinand, Adesso, Renate und Vanilla, Charlys Stute, hatten währenddessen miteinander gespielt. Wobei die kleine Renate eindeutig der größte Frechdachs gewesen war. Obwohl Tini für alle Pferde gleich viele Leckerlis gebacken hatte, war mindestens die Hälfte sofort in Renates Maul gelandet.

„Vermisst du Jan?", fragte Charly plötzlich.

Mila sah ihre beste Freundin an. „Was denkst du denn? Na klar. Schließlich sind wir gerade auf zwei verschiedenen Inseln. Und irgendwas stimmt nicht mit der Verbindung. Immer wenn ich mit ihm skype, ist plötzlich sein Bild weg. Oder ich sehe ihn, höre aber nicht mehr, was er sagt. Total nervig. Ich bin schon Halbprofi im Lippenlesen."

„Da gäbe es natürlich noch die gute alte Telefonverbindung", witzelte Charly. „Vielleicht wäre das die Lösung?"

„Ich will eben das gesamte Paket. Und wenn ich ihn schon nicht umarmen und riechen kann, dann will ich ihn wenigstens sehen." Sie blickte gedankenverloren in die Ferne. „Ich weiß nur nicht, ob er mich genauso vermisst wie ich ihn."

„Wieso denkst du das?", fragte Charly erstaunt. „Jan ist doch so verknallt in dich, dass jede seiner Sommersprossen zu strahlen beginnt, wenn er dich sieht!"

Mila lächelte. Ach ja, Jans süße Sommersprossen … und seine wilden blonden Wuschelhaare …

„Weiß auch nicht genau", meinte Mila unsicher. „Er scheint ganz schön viel Spaß zu haben. Er geht jeden Abend auf den Pier – mit Linda. Das ist die Nachbarstochter von Oma Rose."

„Bist du eifersüchtig?", fragte Charly. „Auf diese Linda? Das brauchst du nicht, echt. Dass Jan so happy ist, hat überhaupt nichts zu bedeuten. Du kennst ihn doch. Er ist immer so fröhlich. Deswegen liebst du ihn ja."

Mila musste Charly recht geben. Aber trotzdem – jetzt, da Charly es so deutlich aussprach, merkte sie, dass es ihr alles andere als einerlei war, dass er so viel Spaß mit diesem Mädchen hatte.

Sie zwang sich zu einem Lächeln, schnappte sich die *Cindy* und deutete auf einen der Frisurenvorschläge für die Pferdemähne. „So, Prinzessin Charly", sagte sie und zog eine Augenbraue nach oben. „Welchen Zopf soll das Prinzessinnenpferd Vanilla bekommen? Fischgräte oder eingedrehte Schnecken?" Sie musste dringend auf andere Gedanken kommen. Ganz, ganz sicher machte sie sich einfach zu viele Sorgen und Jan vermisste sie genauso sehr wie sie ihn …

# Eiszeit

Tini hatte den Bollerwagen aus dem Schuppen geholt und Renate angespannt.

Jetzt rumpelte sie im Kreis an Mila und Charly vorbei, die im Hof standen.

„Ach du liebe Zeit! Was ist das denn? Und dann auch noch so früh am Morgen.“ Mila gähnte.

„Es ist schon fast Mittag“, sagte Charly. „Du bist echt ’ne alte Schlafmütze!“

„Noch nie was von römischen Streitwagen gehört?“, rief Tini und musste sich schnell festhalten, weil Renate in den Trab fiel. „Ich bin eine Gladiatorin!“

Charly hielt sich die Hand vor den Mund, um nicht laut loszuprusten. Und Mila wurde schlagartig klar, warum Tini einen Kochtopf auf dem Kopf hatte, an dem eine Spülbürste befestigt war. Mila grinste. Ohne ihre

Cousine wären diese Sommerferien wesentlich langweiliger.

„Aus dem Weg!“, brüllte Tini, die im Affentempo zurückkam. Charly und Mila mussten sich mit einem Sprung vor Tini und ihrem Streitross in Sicherheit bringen.

„Das war knapp!“, stöhnte Mila.

„Guck mal, was vorhin in meinem Postfach war“, sagte Charly und wedelte Mila mit einem grellbunten Flyer vor der Nase herum. „Am Hafen hat eine neue Eisdiele eröffnet! Vielleicht können wir Tini auf andere Gedanken bringen, ohne in Gefahr zu geraten, dass sie uns umnietet.“

Mila schnappte sich den Zettel und studierte ihn. *Erleben Sie die neue Eiszeit auf Marum*, stand da in fetten Buchstaben. *In der ersten Woche kostet jede Kugel nur die Hälfte!*

„He, wie lange hast du das Ding schon, ohne mir etwas davon zu sagen?“, fragte Mila empört.

„Wieso? Du hast doch gestern über deinen vollen Cupcake-Bauch gestöhnt. Kann ich ja nicht ahnen, dass du jetzt schon wieder Lust auf Eis hast.“ Charly guckte gespielt grimmig, dann lächelte sie. „Lass uns losreiten, bevor das Eis aus ist!“

Tini hatte mit halbem Ohr zugehört – zumindest immer dann, wenn sie gerade an Mila und Charly vorbeigerumpelt war. „Was habt ihr da?“, fragte sie neugierig.

Als Mila ihr den Flyer zeigte, war sie sofort Feuer und Flamme. Sie sprang aus dem Bollerwagen und raste in den alten Teil des Internats, in dem sich die Klassenzimmer und die Lehrerwohnungen befanden. Da Caro Hofer im Internat Mathe unterrichtete, wohnte Tini dort. Anders als die Internatsschüler, die im modernen Wohntrakt untergebracht waren.

„Ich schlachte nur schnell mein Sparpferd“, rief sie Charly und Mila zu. Renate schüttelte den Kopf, schnaubte laut und äpfelte auf den Hof.

Eine Viertelstunde später waren sie auf dem Weg zum Hafen. Adesso und Vanilla trotteten nebeneinanderher. In der gleißenden Sonne schimmerten Vanillas und Adessos Fell wie Milchreis mit Schokosoße.

Mila freute sich auf das Eis. Es half gegen die Hitze und natürlich auch gegen die Jan-Sehnsucht.

Renate stampfte gleichmütig hinter den beiden Pferden her. Tini hatte sich in den Bollerwagen gesetzt und die Augen geschlossen. Anscheinend vertraute sie Renate blind.

Der lehmige Boden hatte Risse, weil es so lange nicht geregnet hatte. Das war ungewöhnlich. Marum war eine kleine Insel und da änderte sich das Wetter oft recht schnell. Mila mochte den Regen. Danach erschien ihr alles bunter und sie liebte den Geruch von nasser Erde. Aber heute würde es wohl keine Abkühlung von oben geben. Der Himmel strahlte ohne das kleinste Wölkchen und auch der Wetterbericht sagte nur neue Temperaturrekorde voraus. Mila kräuselte die Nase. Auf Marum war man vom Meer nie weit entfernt und daher schmeckte und roch die Luft immer ein wenig nach Salz. Doch je näher sie dem Hafen kamen, desto mehr mischten sich die Gerüche von Algen, Fisch und Schiffsbenzin darunter.

Sie bogen in die geteerte Straße ein und machten die Pferde an einer Holzstange bei den Dünen fest. Niemand wunderte sich darüber. Jeder Einwohner von Marum wusste, dass die Schüler vom Pferdeinternat nur ganz selten ohne ihre Lieblinge unterwegs waren.

„Da vorne ist es!", rief Tini aufgeregt. Auch Mila konnte das neue Eiscafé nun gut erkennen. Das *Eiszeit* war in den leer stehenden Laden neben dem Fischkiosk *Hansemann* eingezogen. Über der Eingangstür prangte eine rot-weiß gestreifte Markise und der Besitzer hatte verschiedenartige bunte Holzstühle an runde weiße Tische gestellt. Es sah richtig gemütlich aus.

„Ich weiß, wo wir ab jetzt suchen müssen, wenn wir Tini und Renate nicht finden können“, witzelte Charly.

„Und ich weiß, was mit Tinis selbst verdientem Geld passieren wird.“ Mila knuffte Tini in die Seite. „Stimmt's?“

Tini antwortete nicht. Sie starrte wie hypnotisiert auf die Eisdiele. Oder vielmehr auf das, was in Überlebensgröße danebenstand: ein weißer Hase mit zwei riesigen Eiswaffeln in jeder Pfote.

„Ein Schneehase“, raunte sie entzückt und lief, ohne nach links und rechts zu sehen, auf das Plastik-Aufstelltier zu.

„Die haben offensichtlich genau Tinis Geschmack getroffen“, sagte Mila grinsend. „Und dabei hat sie das Eis noch nicht mal probiert!“

„Sieht aber wirklich einladend aus“, meinte Charly, nahm Mila an der Hand und zog sie in das Café. „Komm, ich lade euch ein. Ich habe gestern Taschengeld bekommen.“

Mila nickte. Charly war reich, schließlich war sie eine echte Prinzessin. Doch das merkte man ihr überhaupt nicht an. Sie hatte zwar viele und teure Klamotten, aber sie legte keinen Wert darauf. Charly war immer großzügig und teilte die Feinkost-Fresspakete, die regelmäßig von ihren Eltern eintrafen, mit all ihren Freunden.

Im Inneren war es angenehm kühl. Tini stand an der Theke und drückte sich die Nase platt. „Guckt mal, es gibt hier ganz irre Geschmacksrichtungen", quiekte sie.

„*Sonne, Wind und Mehr* zum Beispiel. Oder hier: *Pumuckl*-Eis. Das ist ganz knallrot mit gelben und grünen Schokolinsen drin. Oder soll ich lieber den *Strandspaziergang* nehmen? Oder *Milli Vanilli*? Ich kann mich nicht entscheiden. Ich glaube, ich muss vier Kugeln bestellen!"

Die Verkäuferin lachte. „Das ist gut. Und morgen kommst du wieder und probierst die nächsten vier Sorten. *Vampir-Liebe* und *Reh im Sonnenuntergang* sind übrigens meine Lieblingssorten."

„Prima, ich nehme das *Reh* und den *Blubberfisch* da drüben", schaltete sich Mila von hinten ein.

„Und ich die *Prinzessin auf der Zuckererbse* und die *Vampir-Liebe.*" Charly zückte ihren Geldbeutel.

Das Eis schmeckte unglaublich lecker. Den *Blubberfisch* – Blaubeereis mit kleinen runden Blasen, die im

Mund zerplatzten – würde Mila beim nächsten Mal auf jeden Fall noch einmal bestellen.

„Himmlisch, diese *Vampir-Liebe*", schwärmte auch Charly. „Blutorange mit kleinen Zuckerherzen darin. Perfekt."

Tini sagte gar nichts, nickte aber beseelt. Sie war damit beschäftigt, ihre Eiswaffel zu drehen und ständig zu schlecken, damit ihr kein Eis auf die Hose tropfte.

In diesem Augenblick tutete die Fähre. Bei dem schönen Wetter standen die Passagiere noch an Deck und winkten. Mila winkte zurück. Sie musste kurz daran denken, wie furchtbar sie sich gefühlt hatte, als sie im März mit Mama und Papa hier angekommen war. Und wie viele Sorgen sie sich um Renate und Adesso gemacht hatte, die die Fahrt auf dem Lastdeck hatten verbringen müssen. Doch die Sorgen waren ganz umsonst gewesen, wie sich hinterher herausgestellt hatte: Die Pferde hatten die Reise sehr gut überstanden.

„Das sind ja drei Pferdeanhänger hintereinander!", sagte Charly, als die ersten Wagen über die Landungsbrücke rollten. „Ob die alle zu uns wollen?"

„Frau Steinbach hat nichts von Gästen gesagt", meinte Mila. „Kommt mit, das sehen wir uns mal näher an."

„Wartet auf mich!“, sagte Tini zwischen zwei Notschleckern hindurch. „Ich kann mit dem Eis nicht laufen.“

„Ich helfe dir doch immer gern, Cousinchen!“ Mila beugte sich über Tinis Eisberg und nahm einen guten Mundvoll der Sorte *Pumuckl*. „Los geht's!“

„*Ferien auf Hufen*“, las Charly, als die Autos samt Anhängern langsam auf den Hafenparkplatz rollten. „Das muss so eine Art Reisegruppe sein. Mit Pferd!“

„Aber offensichtlich mit eigenem Pferd“, überlegte Tini. „Das ist ja cool!“

Der erste Wagen hielt an und ein braun gebrannter junger Mann riss die Beifahrertür auf und sprang heraus.

„Könnts ia mia vülleicht weiderhöffen?“, fragte er mit komischem Dialekt. Mila musste sofort an den Urlaub in Oberbayern denken, den sie vor zwei Jahren mit ihren Eltern gemacht hatte. „'S Navi is narrisch worrn. Kennt's ia aich aus?“

Mila sah ihn verständnislos an. „Was ist passiert?“, fragte sie freundlich.

„Äh, ja, mein Navi ist, glaube ich, kaputt. Es zeigt den Zielort nicht mehr an. Könnt ihr mir weiterhelfen?“, fragte der Mann nun um einiges verständlicher. „Tut mir leid, ich vergesse immer wieder, dass ich hier Hochdeutsch sprechen muss." Dann warf er einen Blick auf seine Lederhosen und die grellblauen Trachtenschuhe. „Und umziehen muss ich mich wohl auch, wenn ich nicht das Gesprächsthema Nummer eins auf der Insel sein will."

„Ja, da könnten Sie recht haben", sagte Mila lachend. „Wo wollen Sie denn hin?"

„Zum *Isländerpferdehof Petersen*", sagte der Mann und streckte Mila die Hand hin. „Ich bin übrigens der Basti Hinterhofer. Oder besser nur Basti und ‚du'. Ich leite eine Reisegruppe aus Bayern und wir machen hier auf der Insel Urlaub mit unseren Pferden. Dafür haben wir die große Weide für unsere Zelte gemietet, dürfen aber bei den Petersens duschen und essen."

„Ich bin Mila und das hier sind Charly und Tini." Mila schüttelte Bastis Hand. „Und den Petersen-Hof kennen wir sehr gut!"

„Wir bringen dich sogar persönlich hin, wenn du willst", bot Charly an.

„Ja, kein Problem", sagte Mila schnell. Der Petersen-Hof war das Zuhause von Jan. Sie hatte Anna, Jans Mutter, sowieso besuchen wollen. Warum also nicht gleich heute? „Wir müssen nur noch schnell unsere Pferde holen."

Basti strahlte übers ganze Gesicht. „Eure Pferde? Dann seid ihr auch Reiterinnen? Das ist ja prima! Danke für euer Angebot. Wir fahren euch einfach hinterher." Er gab den Fahrern der anderen Autos ein Zeichen.

Tini zupfte Mila am Hosenbein. „Der spricht ja lustig", meinte sie. „Als ob er die ganze Zeit auf einem Fleischklops herumkauen würde."

Mila fand den Vergleich ziemlich passend und kicherte los. „Kannst ja beim nächsten Fleischklopsabendessen mal üben", schlug sie vor. „Und Renate im Dirndl, ich glaube, da bekommen wir einen tollen Film für deinen Blog hin!"

# Inselindianer

Die drei Autos krochen neben Charly, Mila und Renate die Inselstraße entlang. Der Weg zum Hof von Jans Eltern war zwar nicht weit, aber die Sonne brannte erbarmungslos vom Himmel und machte auch den Pferden zu schaffen. Sie hatten wenigstens ein leckeres Eis zur Abkühlung gehabt, aber die armen Pferde …

Mila nahm sich vor, Adesso gründlich abzuduschen, wenn sie wieder zu Hause im Internat waren. Der Arme schwitzte fürchterlich. Auch Renate tat sich mit dem Bollerwagen, den sie ziehen musste, schwerer als sonst. Die Räder verhakten sich ab und zu und Tini musste aussteigen und die Holzkiste wieder auf Kurs bringen.

Doch den Teilnehmern der Reisegruppe schien es nichts auszumachen, dass die Pferdekarawane so langsam unterwegs war. Mila sah, dass sie fröhlich auf die

Dünen, die Weiden und die Strände zeigten und offensichtlich viel Spaß hatten. Mila war froh, als sie die erste Weide sah, die zum Islandpferdehof der Petersens gehörte. Sie konnte sich nämlich sehr gut vorstellen, dass die armen Pferde in den Anhängern nun eine Erfrischung gebrauchen konnten. Eine schwarze Islandstute kam auf sie zugelaufen und schnaubte neugierig.

„Fenja!", rief Charly. „Los, lauf und sag Anna Bescheid, dass wir kommen."

Fenjas Ohren wandten sich Charly aufmerksam zu. Sie blinzelte, wieherte und machte in Richtung Hof kehrt.

„Sie ist unglaublich intelligent. Beinahe so wie Renate", murmelte Tini begeistert. „Man muss nur ‚Anna' sagen und sie weiß genau, was zu tun ist. Vielleicht leihe ich sie mir mal für ein Video."

Adesso und Vanilla schüttelten gleichzeitig ihre Mähne.

„He, du hast die beiden beleidigt", witzelte Mila. „Die sind nämlich auch sehr schlau!"

„Weiß ich doch. Aber eben nicht *sooo* schlau wie Renate. Das kann nämlich einfach nicht sein. Sie ist und bleibt die Oberschlauste", beharrte Tini.

Mila und Charly tauschten ein genervtes Augenrollen aus, sagten aber nichts.

Schon bogen sie in den Hof der Petersens ein. Die Pferdehufe machten auf dem Kopfsteinpflaster ein klapperndes Geräusch. Die Autos parkten und Anna Petersen trat wie gerufen aus dem alten Reetdachhaus heraus.

„Hoppla, als Fenja mir Besuch angekündigt hat, konnte ich ja nicht ahnen, dass alle gleichzeitig ankommen würden", rief Anna. Sie umarmte die drei Mädchen und ging dann auf Basti Hinterhofer zu. „Herzlich willkommen! Ich sehe, Sie haben gut hergefunden!"

„Ja, mithilfe von Mila und ihren Freundinnen!" Basti lachte laut, klopfte Mila auf die Schulter und zeigte seine weißen Zähne.

Mittlerweile waren drei Mädchen und ein Junge aus den Autos gestiegen.

„Hallo!", riefen sie und winkten. Ein Mädchen mit blondem Pferdeschwanz und einem bunten Ringelshirt kam zu ihnen herüber. Die anderen öffneten die Pferdeanhänger und sahen dort nach dem Rechten.

Anna nickte und deutete auf eine Holzstange neben der Stalltür. „Dort drüben könnt ihr eure Pferde versorgen. Die werden nach der langen Reise froh sein, endlich am Ziel angekommen zu sein."

„Wir auch", lachte das blonde Mädchen. „Ich bin übrigens Lina. Es ist so cool, dass wir für ein paar Wochen hier sein dürfen. Und dazu noch mit unseren Lieblingen. Draußen schlafen, jeden Tag reiten und nichts anderes tun müssen … das reinste Paradies!“

Dann ging auch sie zum Pferdeanhänger und führte einen rotbraunen Westfalen mit weißen Fesseln heraus.

„Der ist aber schön“, entfuhr es Charly.

„Ja, das ist er wirklich“, meinte Lina. „Aber er ist noch jung und ein ganz schöner Quatschkopf. Er will eigentlich lieb sein, aber der Quatsch gewinnt doch irgendwie immer die Oberhand.“ Sie umarmte den Hals des Pferdes und schmiegte sich an ihn. „Aber das kriegen wir schon noch hin, nicht wahr, Renato?“

Mila schmunzelte und sah Tini an. Deren Wangen wurden vor Aufregung ganz fleckig.

„Mein Pferd heißt Renate“, rief sie glücklich. „Das ist ja ein Zufall.“

Dann küsste sie das Pony auf die Stirn und sagte: „Schau, Renate, dein Traumprinz ist zu dir auf die Insel gekommen. Wie findest du ihn?“

Renate schien für die Raufe mit frischem Heu, die draußen an der Stallwand hing, wesentlich größere romantische Gefühle als für Renato zu hegen, denn sie schüttelte Tinis Hand ab und trottete zielstrebig auf das Futter zu. Enttäuscht zuckte Tini mit den Schultern.

Anna grinste Mila und Charly an. Dann wandte sie sich an Basti Hinterhofer.

„Ihr könnt erst mal in Ruhe ankommen und euch und eure Pferde frisch machen. Für die Pferde ist der Wasserschlauch gedacht und für euch steht im Stall ein kleines Badezimmer mit Dusche zur Verfügung. Die könnt ihr benutzen. Ich zeige euch noch die Wiese, auf der ihr die Zelte aufschlagen könnt, und ich würde sagen, wir treffen uns in etwa einer Stunde auf eine Willkommenslimonade in der Küche?"

Basti nickte. „Das klingt gut."

Mila, Charly und Tini halfen den Urlaubsgästen mit den Pferden. Außer Lina, die sie ja schon kennengelernt hatten, waren da noch Sarah und Ella, die beide ihre Andalusier-Schimmel mitgebracht hatten. Zum Glück war die eine Stute noch recht dunkel und etwas kleiner, sodass man sie gut unterscheiden konnte. Der einzige Junge, Tom, hatte eine reinweiße, sehr edel aussehende Araberstute dabei, von der vor allem Charly die Augen nicht abwenden konnte.

Bastis Pferd war ein grau gescheckter Isländer – wahrscheinlich hatte er sich deshalb für den Hof der Petersens entschieden, vermutete Mila. Es machte ihr Spaß, den Gästen zu zeigen, wo sie was finden konnten, und sie fand alle sehr nett.

Als die Tiere versorgt waren, gingen Mila, Charly und Tini zu Anna in die Küche. Die saß am Küchentisch und war über einen Brief gebeugt. Als sie die drei Mädchen sah, zuckte sie zusammen, steckte den Brief zurück ins Kuvert und stopfte ihn in ihre Hosentasche. Ihre Augen waren ganz rot. Hatte Anna etwa geweint?

Mila ging zu ihr und legte ihre Hand auf Annas Arm, um sie zu trösten. „Alles in Ordnung?", fragte sie.

Anna wischte sich mit dem Handrücken über die Augen. „Ja, klar. Alles gut. Es ist …", sie stockte, „es ist nur … weil … Ich vermisse Jan!", sagte sie schließlich und lächelte wehmütig. „Ich mache mir immer Sorgen, wenn er so weit weg ist."

„Dann können wir uns zusammentun", meinte Mila. „Ich vermisse ihn auch schrecklich, aber er ist immer so gut gelaunt und fröhlich, wenn ich mit ihm skype, dass ich befürchte, er kommt gar nicht mehr zurück."

Anna nahm Milas Hände und sah ihr tief in die Augen.

„Das ist Quatsch und das weißt du auch. Jan mag diese Insel viel zu sehr, seine Pferde und … dich!“

Mila wurde rot. Ahh, das war eindeutig zu viel! Sie merkte, wie sie zu schwitzen begann und überlegte, wie sie ganz schnell auf ein anderes Thema kommen konnte. Hilfe suchend wanderte ihr Blick zu Charly. Die verstand sofort, wie unangenehm Mila diese Situation war, und sagte: „Ich wusste gar nicht, dass du die Weide an Feriengäste vermietest, Anna. Das ist eine supertolle Idee.“

„Wollte ich eigentlich auch gar nicht, aber Herr Hinterhofer hat mich angeschrieben und mir erklärt, was er vorhat. Sein Vater hat letztes Jahr auf Marum Urlaub gemacht und unseren Hof gesehen. Eigentlich konnte ich mir die Sache mit den Tipis und den Pferden erst gar nicht so richtig vorstellen. Ich meine, schließlich habe ich das Haus mit den anderen Sommergästen voll. Aber die hintere Weide wird gerade nicht benutzt und wir können das Geld wahrlich gebrauchen und da habe ich einfach Ja gesagt. Ist sozusagen ein Experiment.“

„Ein Inselindianer-Experiment“, meinte Tini zufrieden. „Mit Renato, dem schönen Hengst. Und einem großen Lagerfeuer heute Abend. Basti Hinterhofer hat uns dazu eingeladen. Es gibt Würstchen und Stockbrot.“

„Das ist ja toll! Dieser Herr Hinterhofer scheint richtig nett zu sein." Aus Annas Gesicht war der Kummer nun vollständig verschwunden. „Wollt ihr eine Limonade?"

Alle nickten.

„Wie geht es deinen Eltern?", fragte Anna an Mila gewandt. „Haben sie die Zeit hier auf Marum genossen?"

„Ich habe gestern mit ihnen telefoniert", antwortete Mila. „Der kenianische Alltag hat sie wieder in ihren Fängen. Ich fand es wirklich mega, dass sie extra zu meiner Aufführung gekommen sind und dann auch noch ein paar Tage bleiben konnten. Und sie fanden es toll, dass wir Zeit füreinander hatten und dass sie sich den Wind um die Nase wehen lassen konnten."

„Es war wirklich sehr schön, Chris nach all den Jahren einmal wiederzusehen", meinte Anna und guckte verträumt in die Ferne.

Mila musste daran denken, wie ihr Vater vor ein paar Wochen mitten in Jans erste Liebeserklärung an sie geplatzt war. Oh, das war so peinlich gewesen! Trotzdem hatte sie sich wie verrückt über den Überraschungsbesuch ihrer Eltern gefreut. Und ihnen alles gezeigt und jeden vorgestellt, der ihr in den letzten Wochen ans Herz gewachsen war. Ihr Vater war völlig aus dem Häuschen gewesen, als ihm klar geworden war, dass Jans Mutter Anna war. Die Anna, die er von früher kannte und die eine enge Freundin der Familie gewesen war. Die beiden hatten lange geredet und über alte Zeiten gesprochen. Doch offensichtlich hatte Anna seit seiner Abreise nichts mehr von ihm gehört.

„Das glaube ich", antwortete Mila. „Ihr wart einmal richtig gute Freunde, stimmt's? Zumindest hat Tante Caro das angedeutet."

„Richtig gute Freunde? Ja, das waren wir wohl." Annas Stimme klang einen Moment zerbrechlich, doch dann räusperte sie sich und goss die selbst gemachte Limonade aus einer Karaffe in die Gläser.

# Feste Pläne

Tini strahlte Mila an. „Glaubst du, dass die beiden miteinander ein Fohlen bekommen können? Sie sind sooo verliebt."

Mila führte Adesso in den Stall des Inselinternats. Sie hätte ihn auch draußen auf dem Hof trocken reiben können, aber die Kühle der Steinmauern tat gut. Charly ging es offensichtlich genauso, denn auch sie führte Vanilla schnurstracks ins Innere.

Mila überlegte, wie sie Tini von ihrem Wunsch abbringen konnte, ohne sie allzu sehr zu enttäuschen.

„Renate ist ein Mini-Pony", erklärte sie ruhig. „Sie kann nicht das Fohlen eines Westfalenhengstes bekommen. Das wäre viel zu groß. Außerdem ist Renate nicht mehr die Jüngste!"

Mila beobachtete Tini und sah sofort ein, dass ihre Bemühungen, ruhig und vernünftig zu klingen, völlig umsonst gewesen waren. Tini hatte ihre Mundwinkel nach unten gezogen und ihre Augen funkelten zornig.

„Du bist gemein!“, rief sie. „Renate und Renato sind wie füreinander geschaffen! Er ist ihr Märchenprinz, ihr Traumpferd, ihr …“

„He, meine Kleine.“ Mila ging zu Tini und nahm sie fest in den Arm. „Renate ist total glücklich. Sie hat doch dich. *Du* bist ihr Traummensch und mehr wünscht sie sich gar nicht. So dankbar, wie sie dich ansieht, sieht sie sonst niemanden an. Das kannst du mir glauben.“ Mila lächelte aufmunternd.

„Echt jetzt?“ Tini strich Renate über den Hals und kuschelte sich in das weiche Fell. „Stimmt das, was Mila sagt? Bin ich dein Ein und Alles?“, flüsterte sie.

Renate hielt inne und schnupperte an Tini. Dann stupste sie sie zärtlich an.

„Mein liebstes und süßestes und bestes und nettestes Pony“, sagte Tini stolz und umarmte Renate.

Mila, die sah, wie Renate die Gelegenheit nutzte, um mit ihrem weichen Maul eine Karotte aus Tinis Hosentasche zu mopsen, meinte trocken: „… und definitiv das verfressenste!“

Charly und Mila hatten zwei In-Out-Hindernisse auf den Reitplatz gestellt. Zwischen den beiden Hindernissen kann das Pferd keine Galoppschritte machen, sondern muss gleich wieder abspringen. Außerdem hatten sie den Oxer aufgestellt, um Adessos gute Leistungen noch weiter zu verbessern.

Mila war froh, diese In-Outs ohne die aufmerksamen und kritischen Augen ihrer Mitschüler und ihrer Reitlehrerin Tamara probieren zu können. Als sie nach *Inselglück* gezogen war, hatte sie fast keine Erfahrung im Springreiten gehabt. Sie hatte zwar gewusst, dass Adesso durchaus Talent zum Springen hatte, aber an Turnieren wollte sie trotzdem nicht teilnehmen. Außerdem fehlte die Lust, ehrgeizig an der perfekten Bascule oder dem günstigsten Absprungmoment zu arbeiten. Doch auf Marum hatte das Springreiten einen ganz anderen Stellenwert. Ihre Mitschüler träumten von einer Karriere als Springreiter und hatten *den* einen großen Traum: irgendwann in den olympischen Kader aufgenommen zu werden.

Zuerst hatte Mila überhaupt nicht am Reitunterricht teilnehmen wollen. Doch so nach und nach hatten Tamara und vor allem Luke, der Lehrer für Natural Horsemanship, sie überzeugen können, es doch zu probieren. Und es hatte geklappt. Mila hatte vieles nachholen müssen, doch die ersten Erfolge hatten sich bereits eingestellt und Adesso hatte daran einen großen Anteil. Er liebte das Springen und war immer aufmerksam. So aufmerksam, dass mittlerweile die kleinste Gewichtsverlagerung als Hilfe genügte.

Mila schwang sich in den Sattel und spürte sofort die Verbindung zu Adesso.

„Los, mein Schöner", flüsterte sie ihm ins Ohr. „Das probieren wir jetzt einfach mal aus!"

Sie galoppierte an und ritt zunächst ein paar Runden auf der äußeren Bahn.

Als sie das Gefühl hatte, dass Adesso bereit war, ritt sie auf das erste In-Out-Hindernis zu. Mila musste sich konzentrieren, das Hindernis mittig anzureiten. Dann konnte sie nur noch Adesso vertrauen und sich in den Sprung mitnehmen lassen. Adessos Bewegungen waren weich und locker. Er sprang viermal hintereinander über die In-Outs, als wäre dies eine seiner leichtesten Übungen.

„Ihr werdet mir langsam unheimlich", meinte Charly, die mit Vanilla am Rand des Reitplatzes stand und zusah. „Wir hätten die Stangen gleich höher legen sollen."

„Nee, lass mal gut sein“, meinte Mila. „Das Experiment ist zwar geglückt, aber das ist Adessos Verdienst. Wir wollen ihn doch nicht erschrecken. Weißt du noch, wie er immer vor dem Oxer gescheut hat?“

„Ja, aber das ist schon lange her“, erwiderte Charly. „Ich habe nicht den Eindruck, dass *irgendetwas* dieses Pferd erschrecken kann. Wenn du nächstes Jahr in meiner Schwierigkeitsklasse reitest, müssen Vanilla und ich uns warm anziehen.“

„Mach dir da mal keine Sorgen. So gut wie ihr beide sind Adesso und ich noch lange nicht.“

„Wir werden ja sehen“, orakelte Charly. „Nach dem Workshop-Wochenende in drei Wochen sind wir beide erbitterte Konkurrentinnen.“

„Das kann gar nicht passieren. Wir sind nämlich beste Freundinnen“, meinte Mila und warf Charly eine Kusshand zu. „Und wenn du gewinnen willst, reiße ich für dich jede Stange!“

Charly kicherte. „Nee, lass mal. Die Bessere soll gewinnen. Reiten ist mir total wichtig, aber du bist mir wichtiger!“

Mila wurde ganz warm vor Freude. Genau so sah sie es auch: Gewinnen war toll und schön, aber eine beste

Freundin wie Charly zu haben war das größte Glück der Welt!

„Was haltet ihr davon, wenn ich euch nächstes Jahr keine Chance lasse, auch nur ein Turnier zu gewinnen? Dann haben wir alle was davon. Ihr müsst euch nicht gegenseitig den Vortritt lassen und ich verdiene so viel Preisgeld, dass ich der Schule Pferdinand abkaufen kann", hörten die beiden Mädchen plötzlich eine Stimme.

Mila wirbelte herum und sah Michel. „Wie lange stehst du schon da und belauschst uns?", zischte sie wütend. „Das ist unfair!"

Doch Michel war von Milas Wutausbruch nicht sonderlich beeindruckt. „Ist ja gut, du kleiner feuerspeiender Drache. Ich überlege nur gerade, ob ich mit in euer Springtraining einsteige oder ob ich noch weiter Stallarbeit machen muss."

„Du darfst natürlich mitmachen", knurrte Mila. „Nur eben nicht unsere Privatgespräche belauschen."

Mila tat es leid, dass sie Michel ohne Grund angefahren hatte. Aber so war sie nun mal: aufbrausend wie ein Sturmwind mit Super-Extrabeschleunigung. Doch meistens legte sich der Sturm auch gleich wieder, vor allem, wenn sie merkte, dass sie übertrieben hatte.

„Schon gut“, meinte Michel und stemmte die Hände in den Rücken. „Ich glaub, ich lass es für heute mit dem Training. Es wartet noch ganz schön viel Arbeit auf mich.“ Bis vor ein paar Monaten war Michel zwar auf *Inselglück* zur Schule gegangen, hatte aber nicht am Springunterricht teilgenommen. Doch seit einigen Wochen hatte er die Möglichkeit, das Schulpferd Pferdinand zu reiten. Trotzdem musste er seinem Vater viel im Stall und mit den Pferden helfen und konnte nicht so häufig trainieren wie Mila, Charly und die anderen Internatsschüler.

„Kommst du heute Abend mit zum Petersen-Hof?“, fragte Mila versöhnlich. „Anna lässt eine Reitgruppe auf der hinteren Weide campen. Wir sind zum Lagerfeuer-Würstchen-Fest eingeladen.“ Sie fände es toll, wenn Michel mitkommen würde.

Doch er schüttelte den Kopf.

„Das schaffe ich nicht. Ich muss Pferdinand doch auch noch ein bisschen bewegen. Sonst ist er sauer. Und das zu Recht.“

Plötzlich hatte Mila eine Idee. Und ärgerte sich, dass sie da nicht schon früher drauf gekommen war. „Wir helfen dir“, sagte sie bestimmt. „Wäre doch gelacht, wenn wir dir den Abend nicht freiarbeiten könnten.“

Drei Stunden später lag Mila frisch geduscht und völlig fertig auf dem Bett und hörte die Playlist, die Jan für sie zusammengestellt hatte. Was er wohl gerade machte? Kurz überlegte sie, ob sie ihn anrufen sollte, entschied sich aber dagegen. Die letzten drei Tage hatte immer sie angerufen. Nun war er mal an der Reihe! Heute Abend, zum Lagerfeuerfest mit Annas neuen Indianer-Gästen würde sie ihr Handy zu Hause lassen. Falls Jan dann anrief, hatte er eben Pech gehabt.

Draußen im Hof klapperte und rumpelte es und Mila sprang auf, um aus dem Fenster zu sehen. Tini hatte Renate mal wieder an den Bollerwagen geschirrt und war gerade dabei, Töpfe und Schüsseln einzuladen. Frau Käthe stand daneben und schlug verzweifelt die Hände vors Gesicht.

„Das wird niemals gut gehen“, hörte Mila sie jammern. „Das wird alles rausschwappen. Die gute Bolognesesoße … nein, nein, nein und nochmals nein.“

„Frau Käthe, das wird schon gehen! Du weißt doch, dass Renate total vorsichtig ist. Das kommt, weil sie so besonders klug ist.“ In diesem Augenblick machte Renate einen Satz nach vorne. Der Deckel des großen Bolognesetopfes fiel scheppernd auf den Boden und ein Schwall Soße schwappte hinterher.

„Ach herrje, jetzt ist es passiert!“, jaulte Frau Käthe auf. „Ich rufe Frau Petersen an, dass wir den Transport anders organisieren müssen.“

„Ich will nichts anders orginieren!“, sagte Tini bestimmt. „Mein Pony und ich, wir kriegen das hin! Wir fahren die Sachen jetzt zu Anna auf den Isländerhof. Aus, Äpfel, Amen!“

Mila beugte sich zum Fenster hinaus. „Was habt ihr denn vor?“, fragte sie neugierig.

Frau Käthe warf ihr einen verzweifelten Blick zu. „Kindchen, ich habe gar nichts vor. Aber Tini schon. Anna Petersen hat vorhin angerufen. Ihr Mann fühlt sich nicht wohl und nun muss sie die Pferde und die Feriengäste im Haus allein versorgen. Da hat sie mich gebeten, ob ich nicht für die Besucher kochen könnte. Das mach ich natürlich sehr gerne, aber du weißt ja, ich habe keinen Führerschein. Und nun kam Tini auf die Idee, den Bollerwagen zu nehmen. Aber du siehst ja, es ist eine Katastrophe!“

„Überhaupt nicht!“, beschwerte sich Tini. „Nur weil ein kleiner Miniklecks danebengegangen ist. Du bist unfair, Frau Käthe. Mein *Essen auf Hufen* ist eine ganz, ganz tolle Idee. Und das klappt auch. Das weiß ich von der *Cindy*.“

„Ich gebe auf“, stöhnte Frau Käthe. „Mila-Schatz,

kannst du bitte deiner Cousine mit dieser Cindy-Idee helfen? Ich muss zu meinen Fleischklößchen. Sonst verbrutzeln die noch völlig."

Mila nickte. „Klar, muss mir nur noch schnell was Lagerfeuertaugliches anziehen."

Sie stieß sich vom Fensterbrett ab und schnupperte an dem T-Shirt, das zuoberst auf dem Klamottenberg lag. Es roch nur leicht nach Adesso. Mila entschied, dass es für eine Lagerfeuerrunde auf jeden Fall in Ordnung war. Eine saubere Jeans war schon schwerer zu finden. Sie wühlte im Durcheinander auf Neles Bett.

Nele war Milas Zimmergenossin und sehr ordentlich. Aber die letzte Woche ohne sie hatte genügt, jeden Winkel des Zimmers mit dem unverwechselbaren Mila-Chaos zu überziehen.

Sie fand eine dunkelblaue Jeans, mit nur kleinen Flecken, und schlüpfte hinein.

Charly und Michel warteten bereits im Innenhof. Michel hatte ein Shirt an, auf dem in neongelben Buchstaben *Pferdeflüsterer* stand, und Charly, die ihre Haare meistens zu einem Pferdeschwanz gebunden hatte, trug ihre roten Wuschellocken heute offen. Beide sahen umwerfend aus.

Einen kurzen Moment ärgerte sich Mila, dass sie nicht mehr Wert auf die Auswahl ihres Outfits gelegt hatte.

Tini stand stolz neben dem Bollerwagen, auf den sie mittlerweile auch noch Schüsseln mit Fleischklößchen und frisch gebackenes Brot geladen hatte.

Michel hatte eine dünne Schnur um die Henkel und Deckel der Töpfe und Schüsseln gebunden und alles so festgezurrt, dass nichts mehr wackeln konnte. Bewundernd sah Mila Michel an. Wie machte er das nur? Gab es irgendein Problem auf der Welt, das er nicht lösen konnte? Und dabei war er gar kein Angeber. Eher im Gegenteil. Mila fand ihn manchmal sogar zu bescheiden.

„Tadaa!", rief Tini stolz. „Ich hab doch gesagt, dass ich das hinbekomme. Genau wie Cindy!"

Michel ging zu Tini und wuschelte ihr durch das Haar. „Genau, wie Cindy!", sagte er. „Und dank der wunderbaren Heinzelmädchen, Mila und Charly, die mir geholfen haben, können wir auch schon los. Was meint ihr?"

Charly kicherte. „Adesso und Vanilla sind noch nicht fertig", wandte sie ein.

„Das glaubst auch nur du", meinte Michel. Dann rief er: „Tor auf, Papa!"

# Feuer im Herzen

Zum zweiten Mal an diesem Tag ritten sie gemütlich auf dem Reitweg neben der Inselstraße entlang zum Hof der Petersens. Zum Glück hatte es schon ein wenig abgekühlt.

Milas Gedanken wanderten zu Anna. Was wohl in dem Brief gestanden hatte, der sie so traurig gemacht hatte? Hoffentlich war er nicht von Jan gewesen. Oder ging es in dem Brief vielleicht um Peter, Annas Mann? Sie erschrak. Frau Käthe hatte vorhin nur erwähnt, dass er krank sei, aber nicht, was ihm genau fehlte.

Vielleicht würde sie es in Erfahrung bringen, wenn sie auf dem Hof war …

Als sie die erste Koppel entlangritten, die zum Grundstück der Petersens gehörte, trabte, wie am Mittag, Fenja auf sie zu. Doch diesmal hatte sie nur Augen und Ohren für Pferdinand. Sie begrüßte ihn aufgeregt, wippte mit dem Kopf und wieherte. Mila merkte Pferdinand an, dass er am liebsten gleich zu seiner Freundin auf die Koppel gesprungen wäre.

„Du darfst gleich zu ihr", versprach Michel ihm. „Ruhig, ganz ruhig. Nur gut, dass ich ohne Sattel und Zaumzeug unterwegs bin." Er stieg ab und öffnete das Gatter.

Pferdinand und Fenja liefen aufeinander zu, beschnupperten sich und rieben ihre Hälse aneinander. Dann galoppierten sie Seite an Seite über die Wiese.

„Die beiden sind echt süß", seufzte Mila.

„Du hast recht", sagte Michel nachdenklich. „Ich sollte Pferdinand viel öfter herbringen. Fenja ist seine große Liebe." Dann sah er Mila an, als wollte er noch etwas hinzufügen, schwieg aber.

Mila wurde schwindelig. Michels Blick war ihr durch und durch gegangen. „Du … du … hast jetzt kein Pferd mehr", stotterte sie. Und ärgerte sich gleichzeitig, dass Michel sie so durcheinanderbrachte. „Willst du bei mir mit aufsteigen?"

Michel lachte und schwang sich hinter Mila auf Adesso. „Bei dir? Immer!"

Es war ein lustiges Gefühl, zu zweit auf Adesso zu reiten, trotzdem war Mila froh, als sie vor dem Wohnhaus der Petersens absteigen konnte.

„Essen ist da!“, rief Tini laut.

Anna kam aus dem Stall geeilt. Haarsträhnen hatten sich aus ihrem locker aufgesteckten Dutt gelöst und sie wirkte völlig abgehetzt.

„Ihr seid Engel!“ Sie streckte die Arme aus und sah gerührt auf den randvoll gefüllten Bollerwagen. „Peter hat es total erwischt. Sommergrippe. Der kann sich gar nicht mehr rühren. Und das, obwohl das ganze Haus voller Gäste ist, die alle reiten wollen, und dann fehlt auch noch Jan. You saved my life!“

Sie nahm Tinis Gesicht in die Hände und schmatzte ihr einen Kuss auf die Nase.

„Vergiss nicht den anderen Engel. Frau Käthe hat das alles gekocht. Wir sind nur der *Essen auf Hufen*-Bringdienst“, sagte Tini ernst.

Anna lachte. „Ich ruf sie gleich an“, sagte sie. „Versprochen. Helft ihr mir, die Sachen in die Küche zu tragen?“

*Natürlich* taten sie das und *natürlich* füllte Anna Renates Bollerwagen mit einem Haufen Leckereien wie Pfannkuchen und Limonade für die Feier am Lagerfeuer. Dann machten sie sich auf den Weg zur hinteren Weide. Mila wurde bewusst, dass sie das Petersen-Grundstück nur in Teilen kannte. Dass es so groß war, hatte sie nicht geahnt. Sie führten die Pferde an einem sandigen Dünenhügel vorbei, der über und über mit Strandhafer bewachsen war.

„Sieht aus wie der wuschelige Kopf eines Klabautermanns“, meinte Mila. Sie musste grinsen.

„Stimmt“, antwortete Charly. „Nur nicht so unheimlich.“

„Nein!“ Tinis Stimme klang schrill. „Ich will nichts vom Schlappopuk hören!“

„Was meinst du?“, fragte Mila erstaunt.

„Der Schlappopuk spukt hier auf Marum. Und wenn die Kinder ihren Teller nicht aufessen, dann kommt er und schleppt sie ins Meer.“ Tini fasste Milas Hand. „Kennst du den nicht? Zum Glück schmeckt mir immer alles, was Frau Käthe kocht.“

„Aber das ist doch nur eine blöde Geschichte …“, versuchte Michel Tini zu beruhigen. „Eine blöde Geschichte, mit der früher Eltern ihren Kindern Angst gemacht haben. Den Schlappopuk gibt es nicht in echt.“

„Kann man nicht wissen“, beharrte Tini trotzig. „Ich

will auf jeden Fall nicht, dass Mila findet, dass der Hügel so aussieht. Sonst krieg ich Gänsehaut.“

„Na gut. Also der Hügel … Mmmm, ich finde, der sieht aus wie der Kopf einer Fee. Mit luftigem und langem Haar.“

„Schon besser“, knurrte Tini und stapfte weiter. „Viel besser.“

Als die hintere Weide in Sicht kam, stupste Mila Tini an. „Schau mal.“ Drei rot-blau gestreifte Tipis waren im Kreis um ein gemütliches Feuer aufgebaut, das schon knisterte und knackste. Die Pferde trotteten gemütlich über die Weide. Das Ganze sah aus wie eine Mischung aus Pfadfinderlager, Zirkus und wildestem Westen.

Basti steckte seinen Kopf aus dem Zelteingang und winkte. „Servus. Herzlich willkommen!“

„Er redet schon wieder in dieser Geheimsprache“, flüsterte Tini.

„Servus heißt ‚hallo‘“, erklärte Mila.

Sie liefen auf die Zelte zu. Mila beobachtete Adesso und Vanilla. Sie waren beide keine Leittiere, deshalb erwartete Mila, dass sie sich in die Pferdegruppe eingliedern würden. Und das taten sie auch.

Die beiden Schimmel kamen als Erste und beschnupperten die Neuen. Mila zwinkerte Charly und Tini zu. Die Pferde schienen sich zu mögen.

Mittlerweile waren auch Lina, Sarah, Ella und Tom aus den Zelten gekrochen.

„Cool, dass ihr da seid", meinte Lina.

„Und dass ihr männliche Verstärkung mitgebracht habt", sagte Sarah und reichte Michel die Hand.

Tom stand neben Sarah und starrte Charly an. Er machte den Mund auf, sagte allerdings kein Wort. Dann schloss er ihn wieder und strich sich unsicher den langen braunen Pony aus den Augen.

Tom benahm sich ulkig, fand Mila. Aber sie konnte seine Unsicherheit auch supergut verstehen. Charly sah heute Abend einfach umwerfend aus.

Nach einem prüfenden Blick auf den gefüllten Bollerwagen sagte Basti: „Dann gibt es also auch Nachtisch? Ich glaube, wir laden euch vorsorglich für morgen zum Frühstück ein."

Er griff sich eine Flasche Limonade und ploppte den Verschluss auf. „Auf einen wunderschönen Insel-Pferde-Meer-Urlaub!", rief er und trank einen Schluck aus der Flasche. Dann reichte er sie weiter.

„Ihr habt Nachtisch mitgebracht“, sagte Tom leise und lächelte Charly schief an, „und *wir* haben uns eine Vorspeise ausgedacht. Allerdings keine, die man essen kann. Sondern eine … eine …“

„… kleine Vorführung zu Pferde!“, half Lina ihm. „Unsere Pferde stehen alle im selben Reitstall und zum Sommerfest haben wir etwas ganz Besonderes einstudiert; das wollen wir euch zeigen, weil ihr uns so toll geholfen habt.“

Tom nickte erleichtert. „Genau.“

„Ja, das wäre cool!“, sagte Mila. Gleichzeitig hoffte sie, dass Tini nicht auf die Idee kam, ihre Romeo-und-Julia-Aufführung hoch zu Ross zu erwähnen.

Sarah, Lina, Ella und Tom holten ihre Pferde, befestigten die Voltigiergurte und saßen auf. Sie galoppierten eine große Runde. Es sah toll aus, wie die Mähnen der Pferde im Sommerwind wehten. Wie auf Kommando knieten die Reiter auf dem Pferderücken und streckten das linke Bein nach hinten aus.

Die vier Pferde gingen nun ganz gleichmäßig nebeneinanderher. Gleichzeitig kamen Tom, Ella, Sarah und Lina mit einem geschickten Sprung auf dem Pferderücken zum Stehen. Dabei hielten sie sich an den Händen.

„Das gibt es ja nicht", rief Tini. „Das ist ja besser als im Zirkus!"

Mila war mächtig beeindruckt. Als kleines Mädchen hatte sie ein bisschen voltigiert, aber das hier war richtig professionell. Einfach toll.

Die Pferde galoppierten nun wieder hintereinander. Dann ließen sich die Mädchen an den Flanken der Pferde kopfüber herunterhängen. Tom sprang im gestreckten Galopp ab, kam kurz auf dem Boden auf und schwang sich erneut auf den Rücken seiner Araberstute. Nun saß er allerdings rückwärts und winkte.

Milas Hände klatschten ganz automatisch. „Bravo!", rief sie.

„Zugabe", brüllte Charly aus vollem Hals.

„Tja, das habt ihr nicht gedacht, dass ich solche Talente nach Marum bringe, was?", feixte Basti.

Mila und Charly schüttelten den Kopf und Michel nickte nur staunend.

Nur Tini zupfte Basti am Ärmel und sagte: „Du? Das ist wirklich super, was deine Kinder da machen. Aber du weißt ja gar nicht, wie schön es aussieht, wenn Mila, Charly und Michel über die höchsten, breitesten und gefährlichsten Hindernisse springen. Die dürfen in drei

Wochen nach Olympia oder so. Extra-Training für besondere Leistungen."

Basti kniete sich neben Tini und grinste: „Das sind doch nicht meine Kinder, da bin ich viel zu jung dafür! Obwohl ich Mila, Michel und Charly noch nicht habe springen sehen, glaube ich dir jedes Wort. Allein schon der Pferde wegen."

„Na also!", antwortete Tini zufrieden. „Hier wimmelt es nämlich von Talenten, dass du es nur weißt!"

Es wurde ein richtig schöner Abend. Nach der Vorführung teilte Basti angespitzte Stöcke aus, auf die sie ihre Würste spießten und die sie anschließend langsam über dem Feuer braun brutzelten. Es schmeckte himmlisch und roch noch viel besser.

Tini wickelte einen Schokoriegel in ihren Pfannkuchen, spießte ihn auf und röstete ihn anschließend. Als die Schokosoße heraustropfte, holte sie ihn aus dem Feuer und aß ihn in zwei Happen auf.

„Nie wieder werde ich einen so guten Pfannkuchen essen", schmatzte sie. „Nie wieder in meinem ganzen Leben."

Mila, Charly und Michel erzählten von ihrem Alltag

auf *Inselglück* und von lustigen Begebenheiten mit ihren Pferden. Tom, Ella, Lina und Sarah hörten ihnen aufmerksam zu. Von einem Internat, in das man sein eigenes Pferd mitnehmen konnte, hatten sie noch nie gehört. Und als Tini auch noch damit herausplatzte, dass Charly eine Prinzessin sei, gab es kein Halten mehr. Sie wurde von den drei Mädchen mit Fragen gelöchert. Nur Tom sah bei dieser Nachricht eher erschrocken als erfreut drein.

Als es dunkel wurde, holte Basti seine Gitarre aus seinem Tipi. Mila war zwar nicht besonders heiß aufs Singen, aber das gehörte zu einem richtigen Lagerfeuerabend eben dazu. Sarah setzte sich dicht neben sie und machte ein Ich-will-auch-lieber-nicht-singen-Gesicht. Sie brummelten ein wenig zu „My Bonnie Lies Over the Ocean“ mit und diskutierten dann leidenschaftlich über den Pferdesport.

Mila bemerkte im Augenwinkel, dass Charly und Tom sich angeregt unterhielten. Ihre Freundin fuhr sich mehrere Male durch die Locken und lachte glockenhell.

Gefiel ihr Tom etwa? Mila hatte bisher noch keine verliebte Charly erlebt, aber warum auch nicht? Schließlich sah Tom gut aus, war älter als sie und liebte Pferde! Also ihren Segen hatten die beiden!

Zufrieden ließ sie sich nach hinten ins Gras plumpsen. Dieser Tag war so aufregend und schön gewesen. Die Langeweile der letzten Tage war unendlich weit weg. So weit weg wie … wie Jan in England. Mila seufzte.

Die Gitarrenklänge hatten schon eine Weile aufgehört, als Charly Mila mit einem Grashalm an der Nase kitzelte.

„He! Nicht einschlafen … Wir müssen doch noch nach Hause reiten! Wir haben Frau Käthe versprochen, Tini um halb elf zurückzubringen."

„Ich schlafe nicht", sagte Mila mit gespielter Empörung. „Ich genieße das Wild-West-Feeling!" Sie stand auf und ließ ihren Blick über die Koppel schweifen. Adesso stand bei den beiden Schimmelstuten und schien ganz zufrieden. „Aber Adesso wird Vanilla untreu. Das muss ich natürlich sofort unterbinden." Sie grinste Charly an und rief nach ihrem braunen Oldenburger. Als Adesso Milas Stimme hörte, wandte er den Kopf in ihre Richtung und trabte los. So elegant und beinahe schwerelos, wie nur Adesso es konnte.

Adesso stupste Mila an und sie gab ihm ein Hafer-Apfel-Leckerli, von denen sie ein paar in die Hosentasche gesteckt hatte. Dann umarmte sie ihn und strich über seine seidige schwarze Mähne. „Na, Schöner? Sind die beiden schimmeligen Damen nett zu dir gewesen?" Adesso legte den Kopf schief und schnaubte. Mila berührte die weiche Haut an seinem Maul und kicherte. „Ganz offensichtlich hast du dich wohlgefühlt. Dann wirst du also auch nichts dagegen haben, wenn wir morgen mit ihnen einen Ausritt über die Insel machen?"

Adesso schüttelte den Kopf, als wollte er sagen: „Nö, nicht im Geringsten."

# Frosch oder Prinz?

Frau Käthe hatte den großen runden Tisch in der Küche für das Frühstück gedeckt. Mila war sehr froh darüber, denn in Frau Käthes Küche war es gemütlich. Und jetzt in den Ferien waren sie nur so wenige, da reichte der Platz allemal. Tini hatte schon gegessen. Mila sah es daran, dass ihr ganzer Mund schokoverschmiert war. Sie packte fleißig belegte Brote in einen Korb. Anscheinend hatte Anna wieder eine Bestellung aufgegeben.

Gerade als Mila sich gesetzt hatte, stürmte Charly herein und hielt Mila kommentarlos ihr Handy-Display vor die Nase. Sie sah verwirrt aus. Verwirrt und aufgeregt.

„Lies mal!", forderte sie Mila auf.

Es war eine SMS von Tom: *Ich freue mich auf unser Wiedersehen. Ich habe das Gespräch und die Zeit mit dir gestern sehr genossen, Prinzessin der Herzen!*

Charly fuhr sich stöhnend durch die Haare. „Furchtbar, oder?“

Unschlüssig sah Mila ihre Freundin an. Wie meinte sie das? Fand sie es etwa nicht gut, dass Tom ihr geschrieben hatte? Gut – die *Prinzessin der Herzen* war vielleicht ein wenig zu stark in die Kitschkiste gegriffen, aber ansonsten war die SMS doch total niedlich. Mmm, jetzt galt es, Fingerspitzengefühl zu beweisen.

„Jaaaa“, antwortete Mila daher gedehnt. „Furchtbar … nett?“

Charly funkelte sie an. „Ich kann das nicht leiden, wenn jemand so gestelzt mit mir spricht, nur weil ich eine Prinzessin bin. Warum habt ihr das überhaupt ausgeplaudert? Ihr wisst doch, dass ich das nicht leiden kann. Und ich weiß jetzt nicht, ob Tom mich nur deshalb kennenlernen will, weil er sich einmal wie ein Prinz fühlen möchte. Oder mal ein bisschen berühmt sein will oder was auch immer.“ Sie verschränkte die Arme.

Mila erschrak. Na klar, Charlys altes Problem! Darauf hätte sie eigentlich gleich kommen können. Charly konnte nie sicher sein, wen die Leute wirklich mochten: Prinzessin von Löwenstein-Gabelsberg oder die echte Charly.

„Gestern dachte ich noch, dass Tom anders sei. Und jetzt schreibt er das mit der Prinzessin? Also ist er auch nur an meinen Eltern interessiert?“ Charly steckte das Handy wieder in die Hosentasche.

„Das glaube ich nicht“, sagte Michel, der in diesem Moment hereinkam. „Entschuldige, dass ich zugehört habe, aber ich schätze Tom da ganz anders ein.“

„Ach ja? Und wie?“

„Er will sicher nicht berühmt werden. Und das mit der Prinzessin ist ihm bestimmt ganz egal. Er hat das nur benutzt, um dir auf schöne Art und Weise zu sagen, dass du sein Herz berührt hast. Er kann ja nicht wissen, dass du mit der Prinzessin so ein Problem hast, oder?“

Charly blickte nachdenklich zu Boden und wurde genauso rot wie die Turnschuhe, die sie trug. „Danke, Michel. Das tut gut, so was zu hören. Und es stimmt schon. Tom und ich haben vor allem über das Reiten und die Pferde geredet. Überhaupt nicht über das Prinzessinnending. Ich hatte sogar gehofft, er hätte es überhört.“

„Na, also. Wenn du ihn auch magst, dann freu dich einfach über die Nachricht und interpretiere da bloß nicht zu viel hinein. So, und jetzt muss ich wirklich in den Stall. Viel Spaß bei eurem Ausflug heute!“

Charly grinste Michel dankbar an. „Wenn wir zurück sind, helfen wir dir, versprochen."

Aber Michel winkte ab. „Lass mal. Ich arbeite eh nur zwei Stündchen. Ich habe Pferdinand heute einen Michel-Nachmittag versprochen."

Zum Abschied winkte Michel und Mila wunderte sich mal wieder, wie er alles auf seine ganz besondere Michel-Art-und-Weise in Ordnung gebracht hatte. Und plötzlich wünschte sie sich, dass er auch ihr Jan-Chaos ein wenig ordnen würde. Oder war er etwa schon dabei?

„Hoch auf dem Bollerwagen, sitz ich bei Renate vorn …", sang Tini aus vollem Hals und kutschierte wie am Tag zuvor eine Ladung Essen zum Hof der Petersens.

„Ich glaube, ich bin noch niemals so oft hintereinander zum Isländerhof geritten", meinte Mila. „Und das Merkwürdige daran: Jan ist noch nicht mal da!"

Charly hatte während der ganzen letzten Stunde mit dem Grinsen nicht mehr aufgehört. Nun saß sie mit bester Laune auf Vanilla und strahlte heller als die Sonne, die im Minutentakt intensiver und wärmer wurde. „Ja, na und? Also ich kann mir eigentlich nichts Schöneres vorstellen, als mit euch durch die Gegend zu reiten."

„Du lügst“, sagte Tini. „Du würdest bestimmt am allerliebsten mit deinem Verliebten hier reiten. Nur du und er!“

„Sag mal, du kleine Krabbe. Woher weißt du das denn schon wieder? Du warst doch gar nicht mehr in der Küche“, meinte Charly und runzelte die Stirn.

„Aber ich habe Augen und Ohren und ich kenne die zehn Anzeichen der Liebe“, behauptete Tini. „Da war so ein Artikel in der *Cindy* …“

„Macht doch nichts“, unterbrach Mila ihre Cousine schnell, bevor die sich noch um Kopf und Kragen reden konnte. Dann sah sie einen Punkt in der Ferne. War das nicht Toms weiße Araberstute? „Ich glaube, da vorne kommt uns Tom entgegen“, sagte sie erstaunt.

Tatsächlich. Es war Tom. Doch er schien nicht im Mindesten so gut gelaunt zu sein wie Charly.

Die beiden Mädchen galoppierten an und ritten ihm entgegen.

„Was ist passiert?“, rief Charly.

Tom wirkte durcheinander, war völlig verschwitzt und hatte eine tiefe Sorgenfalte zwischen den Augen.

„Basti ist verschwunden“, japste er atemlos.

# Spurlos verschwunden

Alle hatten sich im Hof vor dem Wohnhaus der Petersens versammelt. Mila sah, dass Ella geweint hatte, denn über ihre Wangen zogen sich schwarze Wimperntuschestreifen. Sarah knibbelte nervös an dem Verschluss ihrer Reitkappe herum und Lina hatte eine Karte von Marum auf dem Boden ausgebreitet und machte rote Kreuze darauf.

Mila kniete sich neben sie. „Was machst du da?“, fragte sie.

Lina sah auf. „Ich streiche die Orte aus der Karte heraus, wo wir schon überall gesucht und Basti nicht gefunden haben.“

„Warum habt ihr uns nicht früher informiert? Wir hätten euch doch helfen können“, fragte Mila.

„Erst dachten wir, Basti macht einen Scherz. Das hätte auch irgendwie zu ihm gepasst, findest du nicht?“

Mila nickte. „Hätte es."

„Aber so nach zwei Stunden haben wir uns echte Sorgen gemacht. Das Komische ist, er hat Freki, sein Pony, nicht mitgenommen. Eigentlich kann er gar nicht so weit gekommen sein."

Tini hatte mittlerweile den Inhalt des Bollerwagens zu Anna hineingetragen und war mit ihr wieder herausgekommen.

„Ihr habt Glück, dass ich da bin", sagte Tini ernst. „Ich habe vor Kurzem mit meinen beiden Assistentinnen", sie zeigte auf Mila und Charly, „einen total spannenden Kriminalfall gelöst. Michel war der Hauptverdächtige und wegen mir konnten wir seine Unschuld beweisen."

Alle Augen waren nun auf Tini gerichtet. Die machte eine kunstvolle Pause. Oder eine aus Verlegenheit. Das konnte Mila nicht so genau unterscheiden. Auf jeden Fall fuhr sie fort: „Ich fange jetzt mit den Ermittlungen an. Wer hat als Letztes mit Basti gesprochen?"

Keiner sagte ein Wort.

„Tini hat recht", kam Mila ihrer kleinen Cousine zu Hilfe. „Vielleicht wäre es wirklich gut, systematisch vorzugehen und erst einmal alle Informationen zusammenzutragen."

„Ich habe ihn zum letzten Mal gesehen, als ihr gestern Abend nach Hause gegangen seid", begann Sarah. Mila sah, dass Sarahs Hände zitterten. Bestimmt hatte sie heute vor lauter Aufregung noch nichts gegessen.

„Ich auch", pflichtete Ella Sarah bei. „Er stand noch einen Augenblick am Feuer und ist dann in sein Zelt verschwunden."

Auch Lina nickte. „Als Gruppenleiter hat er ein Einzeltipi. Wie Tom. Das Schicksal des einzigen männlichen Teilnehmers." Sie lächelte.

„Am frühen Morgen habe ich gehört, dass jemand das Tuch am Eingang zurückgeschlagen hat", sagte Tom. „Ich bin aufgewacht und habe auf die Uhr gesehen. Das war so gegen halb fünf."

Die Mädchen sahen sich an.

„Wir waren nicht draußen", sagte Lina.

„Das war dann wohl Basti", meinte Ella. „Da war er also noch da."

„Hast du denn auch gehört, dass er wieder zurückgekommen ist?", fragte Sarah.

Tom schüttelte den Kopf. „Ich war furchtbar müde und bin ganz schnell wieder eingeschlafen. Tut mir leid."

Tini wackelte mit dem Zeigefinger in der Luft herum:

„Sehr interessant. Nun wissen wir also, dass Basti um halb fünf oder später verschwunden ist.“

Anna nickte und sah auf ihre Armbanduhr. „Jetzt ist es halb elf. Das sind schon sechs Stunden. Eine lange Zeit … Was kann nur passiert sein? Verlaufen wird er sich nicht haben. So groß ist die Insel nicht. Und irgendwie führen doch alle Wege irgendwann nach Ritteck. Dort kennt jeder unseren Hof.“

„Tja, da bleiben noch genau drei Dinge“, sagte Tini ungerührt. „Er hatte einen Unfall, er wurde entführt oder er ist bei Ebbe zu weit hinausgelaufen und jetzt hat ihn der Schlappopuk gefressen.“ Sie stockte.

Sarah und Ella stießen einen spitzen Schrei aus. „Wer?“

„… davon wollen wir doch mal nicht ausgehen“, sagte Anna schnell. „Aber vielleicht war er an einer einsamen Stelle spazieren und hat sich das Bein gebrochen oder so was.“

„So wird es sein!“ Mila hob die Karte mit den vielen roten Kreuzen vom Boden auf. „Wie habt ihr ihn gesucht? Mit den Pferden?“

Tom nickte. „Ja, wir dachten, so sind wir schneller.“

„Basti ist nicht mit Freki unterwegs. Deswegen kann er an Stellen sein, die mit dem Pferd nur schwer zu erreichen sind. Wir müssen ohne unsere Lieblinge weitersuchen. Und wir müssen auch noch mal an die Orte, wo ihr mit den Pferden schon wart. Möglicherweise habt ihr etwas Wichtiges übersehen."

„Lasst uns Teams bilden", schlug Tom vor. „Immer ein Einheimischer mit einem vom Zeltlager." Dabei sah er Charly an.

Charly grinste schief und versteckte ihr tomatenrotes Gesicht hinter ihrer Lockenmähne.

„Einverstanden", flüsterte sie.

Sarah schloss sich Tini an und Mila bildete mit Ella und Lina eine Gruppe.

„Viel Glück", sagte Anna. „Geht ruhig schon los. Ich kümmere mich um die Pferde."

Wind kam auf und trieb einige Wolken, die scheinbar aus dem Nichts gekommen waren, über den Himmel aufs offene Meer hinaus. Zum ersten Mal seit Tagen hätte Mila gerne eine Jacke dabeigehabt. Sie rieb sich mit den Händen über die Arme, um die Gänsehaut loszuwerden. Doch es half nichts. Sie fror erbärmlich. Vor Kälte. Oder vor Angst, dass Basti wirklich etwas Schlimmes zugestoßen sein könnte, denn nun waren sie bereits über eine Stunde an den felsigen Klippen der Nordstrände entlanggelaufen und hatten noch immer keine Spur vom Leiter der Pferdefreizeit gefunden. Lina und Ella hatten nicht lockergelassen, bis Mila ihnen die Sage vom Schlappopuk erzählt hatte. Aber sie konnte ihnen auch glaubhaft versichern, dass es nur einen Menschen auf Marum gab, der wirklich an den Klabautermann glaubte: Und das war Tini.

Ella und Lina waren ein Stück weit vorgelaufen und ließen ihre Augen übers Meer schweifen. Mila konzentrierte sich auf die Landseite. Plötzlich stieß Lina einen spitzen Schrei aus: „Da vorne! Da ist was!“

Die drei Mädchen rannten los. So schnell es im trockenen Sand eben ging. Milas Herz begann wild zu pochen, nicht nur, weil der Sprint am Strand so anstrengend war. Das, was die Wellen an den Strand trugen, um es dann immer wieder ein Stück ins Meer zurückzunehmen, war ein grellblauer Trachtenschuh.

„Das ist Bastis Schuh“, rief Lina außer Atem. „Ich bin ganz sicher, er ist nämlich eine Spezialanfertigung.“

Mila ließ sich in den Spülsaum fallen. Es war ihr egal, dass sie dabei nass wurde. Das durfte doch einfach nicht wahr sein. War Basti wirklich ertrunken? Jeder wusste, dass man an dieser Stelle nicht ins Wasser gehen durfte.

Die Warntafeln und die roten Fahnen waren nicht zu übersehen.

„Ich rufe die Rettungsschwimmer“, sagte Mila und fischte ihr Handy aus der Hosentasche. Doch sie hatte keinen Empfang. Auch Ella und Lina konnten mit ihren nichts ausrichten.

„Geh du zurück“, schlug Lina Mila vor. „Du kennst dich aus und findest wieder hierher. Wir warten, bis Hilfe kommt. So wissen wir genau, wo der Schuh angespült wurde.“

Mila nickte. Als sie durch den Sand zurück zum Dünenweg stapfte, wünschte sie sich, Adesso wäre an ihrer Seite. Adesso, der sie auf seinem Rücken in Windeseile zum Isländerhof zurückgebracht hätte. Es war ein Fehler gewesen, die Pferde zu Hause zu lassen. *Hoffentlich* würde sie rechtzeitig kommen. *Hoffentlich* war es nur irgendein dummer Zufall, dass Bastis Schuh im Meer herumtrieb. *Hoffentlich* war es noch nicht zu spät …

# Mit Pferdeohren

Immer wieder sah Mila auf ihr Handy. Es kam leider öfter vor, dass man auf Marum keinen Empfang hatte. Normalerweise fand Mila das auch gar nicht schlimm. Doch heute war es eine Katastrophe. Auf den Touristenwegen, die mit Holzbohlen ausgekleidet waren, rannte Mila. Wurde das Gelände unwegig, machte sie etwas langsamer, aber immer noch so schnell sie konnte. Eine Windbö nahm ihr den Atem und stemmte sich gegen ihren Körper. Ausgerechnet – sie konnte sowieso schon kaum mehr. Mila hielt für einen kurzen Moment inne und atmete tief in den Bauch ein. Sie musste weitermachen, das war klar. Ein Menschenleben hing möglicherweise davon ab.

Nach einer gefühlten Ewigkeit sah Mila das Fachwerkhaus der Petersens.

Der kürzeste Weg führte über die hintere Koppel. Mila juchzte innerlich auf, als sie sah, dass Anna Adesso, Renate und Vanilla dort hingebracht hatte. Da standen sie und ahnten nicht, was Mila für schlechte Nachrichten mitbrachte.

„Adesso!“, rief Mila.

Der braune Oldenburger galoppierte sofort auf Mila zu. Mila schwang sich auf seinen Rücken und galoppierte die letzten paar Hundert Meter. Doch Adesso wollte nicht direkt zum Haus reiten. Er tänzelte nervös herum und warf unruhig seinen Kopf hin und her. „Was ist los, mein Liebling?“, fragte Mila.

Adesso wieherte und lief in Richtung des Hügels, vor dem Tini am Tag zuvor so viel Angst gehabt hatte, weil er Mila an einen Klabautermann erinnert hatte.

„Willst du einen Ausritt machen?“ Mila ließ sich von Adessos Rücken gleiten. „Das ist gerade ein ziemlich schlechter Zeitpunkt, weißt du?“

Doch Adesso konnte sich nicht beruhigen. Mit seinem Maul stupste er Mila immer wieder an.

Erneut warf Mila einen verzweifelten Blick auf die Empfangsbalken ihres Handys. Oder zumindest auf die leere Stelle, an der sie normalerweise angezeigt wurden.

Sie war in einer Zwickmühle. Das einzig Richtige wäre, zu Anna zu gehen und Adesso zu ignorieren. Aber Adesso war außer sich. So wollte sie ihn nicht zurücklassen.

„Ist gut, Süßer. Was willst du mir denn zeigen?“ Sie schwang sich erneut auf seinen Rücken und Adesso galoppierte so nah wie möglich an den Hügel heran. Dann stoppte er und wieherte.

„Hier?“, fragte Mila. „Du willst, dass ich zu diesem Hügel gehe?“

Adesso wurde ganz ruhig und sah Mila aus seinen dunklen Augen eindringlich an. Sie öffnete das Gatter. Adesso machte keine Anstalten hinterherzukommen.

„Adesso, ich gehe jetzt zu Anna und rufe den Rettungsdienst. Dann komme ich wieder, in Ordnung?“

MAAAA! MAAAA! Sie hatte ein leises Fiepen gehört. Was konnte das sein? Mila blieb einen Moment stehen. Oh nein, dafür hatte sie jetzt doch überhaupt keine Zeit. Sie musste zu einem Telefon … MAAAA! Da war es wieder. Ein klagender Ruf. Allerdings schon etwas lauter. Ob ein Tier in Not war? Eine Katze? Ja, es klang eindeutig nach einer Katze.

POFFF! POFFF! Nun klopfte es. *Das* war sicher keine Katze gewesen.

„Hallo? Ist da wer?", klang es nun dumpf. „Hilfe, ich brauche Hilfe!"

„Ich komme", rief Mila und wusste eigentlich gar nicht, wohin. War die Stimme aus dem Inneren des Hügels gekommen? Merkwürdig. Sie rannte um den Hügel herum. Und da sah sie es: Auf der Rückseite war eine Tür eingelassen. Eine schwere Eisentür mit einem verrosteten Riegel daran.

Der Hügel war also eine Art Bunker? Vielleicht aus dem Zweiten Weltkrieg? Mila lief ein Schauer den Rücken herunter. Und dann galoppierte ihre Fantasie mit ihr davon. Was, wenn darin Waffen lagen? Oder noch Schlimmeres?

MAAAAUUIII! Das Miauen wurde lauter und eindringlicher. Und das Rufen auch. Jemand brauchte ihre Hilfe und da musste ihre Angst einfach mal warten! Und erst in diesem Moment machte es in ihrem Kopf *klick*. Konnte das Basti sein, der da rief? Natürlich! Das war sogar ziemlich wahrscheinlich. Schließlich hatten sie außer dem blauen Schuh überhaupt keine Beweise, dass er am Strand verloren gegangen war. Sie stolperte fast, weil sie so schnell über den unebenen Boden rannte. Als sie bei der Tür angekommen war, hämmerte sie dagegen und rief aufgeregt: „Basti, Basti, bist du das? Hier ist Mila."

„Mila! Zum Glück bist du da“, drang es leise zu ihr hindurch. „Bitte lass mich raus.“

Mila versuchte, den Riegel nach oben zu klappen, aber es gelang ihr nicht. Das verrostete Ding hatte sich dermaßen verklemmt, dass kein Reißen, Zerren oder Ziehen half. Sie beugte sich nach unten, um etwas zu finden, das ihr als Hebel dienen konnte. PLONG! Ein kleines Sprühfläschchen fiel ihr vor die Nase. Hatte sie etwa Adessos Massageöl dabei? Kopfschüttelnd steckte sie es zurück in die Tasche. Doch mit einem Mal erinnerte sie sich, dass sie Herrn Gründgen schon einmal beobachtet hatte, wie er verrostete Türangeln mit Öl behandelte. Die sollten zwar einfach nur nicht mehr quietschen und es war bestimmt irgendein Spezialöl gewesen, aber vielleicht half Adessos Öl ja bei einem Riegel, der sich nicht mehr bewegen wollte?

„Der Riegel klemmt“, informierte sie Basti. „Du musst noch kurz warten.“

Sie sprühte ein paar kräftige Stöße auf das rissige Metall und rieb es mit den Fingern in die Ritzen. Dann begann sie erneut zu rütteln. Millimeter um Millimeter lockerte sich der Riegel. Mit aller Kraft stemmte Mila sich dagegen und schließlich schwang der Verschluss auf. Sie öffnete die Tür.

Eine kleine schwarze Katze flitschte maunzend heraus. Danach trat Basti ins Freie. Er umarmte Mila stürmisch.

„Danke, ich hatte so Angst, dass mich hier niemand finden würde! Es war so dunkel und dann hat mich auch noch die Katze gekratzt“, sagte er.

„Adesso hat dich gefunden“, sagte Mila und erzählte Basti, wie sie auf ihn aufmerksam geworden war. Dabei musste sie die ganze Zeit lachen – aus Erleichterung, dass Basti lebendig und unverletzt vor ihr stand.

„Ich muss unbedingt etwas trinken“, sagte Basti. „Auch wenn ich nur einen Schuh habe … Lass uns zu Anna gehen. Dann kann ich dir auch die ganze Geschichte erzählen.“

Er war schon ein paar Schritte gegangen – ein Fuß war strümpfig, der andere steckte in einem blauen Trachtenschuh, deswegen humpelte er mehr, als er ging –, da fiel ihm ein: „Meine Tasche! Ich habe meine Tasche mit dem Fernglas im Bunker gelassen.“ Er verzog sein Gesicht. „Egal, ich gehe da auf keinen Fall noch einmal hinein.“

„Quatsch. Du musst mir nur die Türe aufhalten“, meinte Mila. „Dann mache ich das gerne für dich.“

Sie gingen zurück. Mila merkte, dass Basti zitterte. Sie betrat den Kellerraum, der kühl und ein wenig feucht war. Das Licht, das durch die Tür fiel, reichte gerade aus, um zu erkennen, wie tief der Raum war und was sich darin befand. Zum Glück waren es keine Waffen, sondern nur alter Kram der Petersens. Mila sah einen Holztisch, auf dem ein paar Metallkisten standen. An der rechten Wand war ein gefülltes Flaschenregal. Bastis Tasche lehnte daneben. Mila hob sie auf und ihr Blick fiel auf einen alten Lederkoffer, der unter dem Tisch stand.

Der war aber hübsch! Mal sehen, wem der gehörte. Sie drehte den Adressanhänger herum und erstarrte: *Chris Hofer* stand auf dem Koffer. Und eine Adresse, die Mila nicht kannte. Ihr wurde schwindelig und gleichzeitig heiß und kalt. Was machte ein Koffer ihres Vaters in einem alten Felsenkeller, der den Petersens gehörte? Sie wollte gerade den Deckel hochklappen, da bat Basti: „Bitte Mila, ich will hier weg. Wenn du die Tasche nicht findest, dann lass es. Das Fernglas ist nicht so wichtig."

„Doch, doch, ich hab sie gefunden", sagte Mila schnell und versuchte, so normal wie möglich zu klingen. „Alles gut, ich komme!"

# Adesso Superheld

Eine Stunde später hatten sich alle um Annas großen Küchentisch versammelt. Alle Augen waren auf Basti gerichtet.

„Ich konnte nicht mehr schlafen“, begann er zu erzählen. „Und da habe ich mir mein Fernglas geschnappt und bin an den Strand runter. Der Mond war so hell, dass ich gut sehen konnte. Dann konnte ich es einfach nicht lassen – ich habe meine Schuhe ausgezogen und bin ein Stück weit ins Wasser gewatet. Als ich zurückkam, war ein Schuh unauffindbar. Ich habe noch ewig gesucht, es aber irgendwann aufgegeben und wollte noch mal wiederkommen, wenn es hell war.“

Lina stellte einen tropfnassen blauen Trachtenschuh auf den Tisch.

„Tja, das brauchst du nicht mehr. Deinen Schuh haben

wir entdeckt. Hoffentlich hat die Nacht im Wasser das Leder nicht kaputt gemacht."

Basti winkte ab. „Das ist nicht so schlimm. Einen Schuh kann man ersetzen, das verkrafte ich schon."

„Aber wie bist du denn dann in diesen Keller geraten?", fragte Ella.

„Der zweite Teil der Geschichte ist der wirklich schreckliche", fuhr Basti fort. „Nach meiner Schuhsuche bin ich barfuß zurückgelaufen und habe den kleinen Umweg über den Hügel genommen, weil ich es angenehmer fand, auf den Bohlenbrettern zu gehen als über die Wiese, auf der immer mal wieder Disteln liegen. Und als ich beim Hügel ankam, hörte ich auf einmal ein jämmerliches Maunzen. Ich ging näher hin, konnte aber keine Katze entdecken. Doch das Maunzen hörte nicht auf. Da bemerkte ich die Tür zum Felsenkeller, sie stand einen Spalt offen. Ich vermutete, dass das Kätzchen in den Keller gewitscht war. Ich ging hinein und tatsächlich: Das Kätzchen war in eine hohe Kiste gefallen und konnte von alleine nicht wieder heraus. Dummerweise bin ich an die Tür gestoßen und die ist zugefallen. Der Riegel davor muss sich irgendwie verklemmt haben. Ich saß also in der Falle. Im Dunklen mit einer hungrigen kleinen Katze.

Und ich wusste nicht, wie oft jemand in den Felsenkeller geht. Ich hatte wirklich Angst, dass ihr mich nicht so schnell finden würdet."

„Das ist ganz schrecklich", meinte Tom betroffen.

Basti sah Mila an. „Zum Glück hat Adesso mich und die Katze gehört und Mila darauf aufmerksam gemacht. Er ist der wahre Held!"

Mila blickte auf. „Wie bitte? Ja, ja, stimmt."

Sie hatte gar nicht so richtig zugehört. Ihre Gedanken waren während Bastis Erzählung immer wieder zu dem geheimnisvollen Koffer gewandert. Es ließ ihr einfach keine Ruhe, dass der Name ihres Vaters daraufstand. Gab es etwas im Leben ihres Vaters, das er bisher vor Mila verborgen hatte? Vor ein paar Monaten hätte sie Nein gesagt. Doch jetzt war sie sich nicht mehr sicher. Ganz und gar nicht.

„Ich muss sagen: Ich habe das mal wieder gut hinbekommen", sagte Tini zufrieden und klatschte eine riesige Portion Haferflocken in eine Schüssel.

Mila pustete auf ihre roten Hände. Sie hatte nun den siebenundzwanzigsten Apfel klein gehäckselt. Das reichte!

„Wie viele von diesen Pferde-Keksen willst du eigentlich backen und was hast du gut hinbekommen?", fragte Mila.

„Erstens: so viele wie nötig, damit ich reich werde, und zweitens: den Detektivfall. Den habe ich prima gelöst." Sie schüttete zufrieden Apfelsaft zu den Haferflocken.

„Du? Also das musst du mir erklären", sagte Mila. „Adesso hat Basti doch gefunden. Und ich war seine Assistentin."

„Aber ohne meinen supergenialen Plan und meine Detektivarbeit wären alle nur wie die wilden Kaninchen über die Insel gehoppelt und niemand hätte irgendwen gefunden. Das ist ja wohl mal klar!"

Mila grinste. „Na, wenn du meinst. Kommen jetzt die Äpfel zu dem Pamp dazu?"

Tini beugte sich zu Mila und raunte: „Na klar. Das ist aber kein Pamp. Verstanden? Das ist der Teig für die Hafer-Apfel-Kekse. *Tinis leckere Leckerlis* heißen die. Die will ich heute noch nach Ritteck bringen. Die Reiterstube dort hat drei Kilo davon bestellt."

Leckere Leckerlis? Typisch Tini. Aber eines musste sie ihrer Cousine lassen: Sie schien das mit dem Geldverdienen wirklich ernst zu meinen …

„Kommst du mit auf den Reitplatz?", fragte Charly

durchs offene Küchenfenster. „Michel ist auch da. Wir wollen uns ein wenig auf den Workshop vorbereiten."

Mila nickte. „Ich komme gleich." Dann wandte sie sich an Tini. „Und leg für mich eine Tüte Leckerlis zur Seite. Adesso hat sie sich wirklich verdient."

„Alles klar", antwortete Tini. „Das macht vier Euro. Hat aber keine Eile. Du kannst mir das Geld gerne später geben."

Mila ging auf ihr Zimmer und checkte ihr Handy. Die Empfangsbalken waren alle da, doch eine Nachricht von Jan hatte sie trotzdem nicht bekommen. Das war ganz schön hart. Offensichtlich dachte Jan wirklich nicht besonders viel an sie. Milas Bauch fühlte sich plötzlich schwer und klumpig an. Als hätte sie einen Stein verschluckt. Oder einen Igel. Denn zusätzlich pikste es ganz schön.
Bevor Jan gefahren war, war alles gut gewesen. Leicht. Verliebt. Glücklich. Jetzt gerade war es eher das Gegenteil.

„Blödes Handy", raunte Mila und schleuderte das Telefon aufs Bett. „Blöder Jan!"

Sie schlüpfte in ihre Reitklamotten und beeilte sich, in den Stall zu kommen, um Adesso fürs Training fertig zu machen.

Als sie die Tür öffnete, stieß sie fast mit Luke, dem Trainer für Natural Horsemanship, zusammen.

„Hey, was machst du denn hier?", fragte Mila. „Ich dachte, du liegst in der toskanischen Sonne."

„Danke für die freundliche Begrüßung", lachte Luke und gab Mila eine freundschaftliche Kopfnuss. „Wie du vielleicht bemerkt hast, sind die Sommerferien schon ein paar Tage am Laufen, und ob du es glaubst oder nicht, mein Urlaub ist schon wieder zu Ende."

„Upps, entschuldige", sagte Mila kleinlaut. „Ich habe mittlerweile Zeit und Raum vergessen. Erst war es gähnend langweilig hier, so langweilig, dass ich mich sogar für Pferdefrisuren und Kochen interessiert habe. Aber seit ein paar Tagen ist dermaßen viel passiert, dass einem fast schwindelig werden kann. Komm doch mit in den Stall, ich erzähle dir alles."

Luke überlegte kurz, folgte ihr dann aber in den Stall. Mila berichtete ihm von der Pferdereisegruppe, von Peters Grippe, Tinis Essen auf Hufen und ihren anderen Geldverdienversuchen und natürlich von Bastis Verschwinden und Adessos großartigem Gehör.

Luke musste immer wieder laut loslachen und an den spannenden Stellen knetete er seine Hände.

Mila holte Adessos Sattel und legte ihn auf den Pferderücken. Doch Adesso zuckte zusammen und sah Mila erschrocken an.

„Was ist?“, fragte Mila. „Kein Sattel heute?“

Adesso schüttelte sich.

„Lass mal sehen“, sagte Luke. „Nimm den Sattel noch einmal ab.“

Mila wuchtete den Sattel herunter und hievte ihn auf die Bank vor Adessos Box.

Luke legte die Hände auf Milas Pferd und strich im Zeitlupentempo darüber.

Mila sah genau zu, wie er es machte. Denn sie wusste, dass Luke einfach einen unglaublichen Draht zu Pferden hatte. Er konnte mit ihnen sprechen, ohne Worte zu benutzen. Und sie hatte noch kein Pferd erlebt, das Luke nicht voll und ganz vertraute. Luke war Milas absolutes Vorbild. Er hatte ihr gezeigt, dass Pferdeliebe und Pferdesport keine unvereinbaren Gegensätze waren, sondern sehr wohl kombinierbar.

Das Inselinternat war im Reitsport sehr erfolgreich. Unter anderem deshalb, weil es hier ein ehernes Gesetz war, dass die Pferde wie Freunde und Partner behandelt wurden und nicht wie Gegenstände, die man benutzen konnte, um den eigenen Ehrgeiz zu befriedigen. Das war Lukes Verdienst. Er brachte ihnen bei, wie man mit den Pferden kommunizierte, mit ihnen zu einer Einheit verschmolz und nur durch kleinste Hilfen führte und lenkte. Er selbst ritt sein Pferd Jolly Jumper niemals mit Sattel.

Luke stutzte und fuhr ein paarmal über dieselbe Stelle an Adessos Rücken.

„Mila, sieh dir das mal an", sagte er. „Ich glaube, ich weiß, warum Adesso keinen Sattel mag."

Mila ließ ihre Hände über das seidige Fell gleiten. An einer Stelle war es ein wenig rauer als sonst und sie spürte eine kleine Erhebung unter der Haut.

„Was ist das?", fragte sie erschrocken. „Gestern war das noch nicht da, da bin ich mir ganz sicher."

„Wahrscheinlich nur ein kleiner Abszess oder eine verstopfte Talgdrüse", meinte Luke. „Unschön und tut dem Pferd weh, aber in der Regel völlig ungefährlich. Hat sich Adesso an der Stelle verletzt?"

Mila schüttelte den Kopf. „Nicht, dass ich wüsste."

„Mmm, vielleicht sollte sich Dr. Rosenthal das einmal ansehen. Auf keinen Fall solltest du jetzt aufsatteln. Aber du kannst ohne Sattel reiten. Hast du Lust?"

„Eigentlich wollte ich noch mal die Paraden trainieren.

Du weißt schon, wegen des Workshops nächstes Wochenende. Ich bin da einfach noch ganz schön hinterher."

„Das kannst du auch ohne Sattel probieren", erwiderte Luke. „Die anderen werden Augen machen, wenn du denen dein Können ohne Sattel und Zügel zeigst. Das sind sie nämlich nicht gewöhnt."

„Okay", sagte Mila und kicherte. „Ich bin dabei. Zügellos und frei!"

Nach zehn Minuten hatten auch Vanilla und Pferdinand keine Sattel und keine Zügel mehr und Luke strahlte. „Ihr macht das toll! Und merkt ihr, wie aufmerksam die Pferde sind? Besonders für Vanilla ist das wichtig, Charly. Sie muss ganz bei dir sein und sich ausschließlich auf dich konzentrieren. Nur dann ist kein Platz mehr für eventuelle Störungen. Vor allem nicht für Vögel."

Charly nickte. „Es ist zwar schon echt besser geworden in letzter Zeit, aber du hast recht. Sie ist jetzt noch ruhiger als sonst."

„Ihr werdet auf dem Workshop einen guten Eindruck machen, da bin ich mir sicher", meinte Luke. „Und nächstes Jahr ist Michel auch dabei. Was du in den letzten Wochen geleistet hast, ist spitze. Ich dachte, an Mila kommt niemand heran, aber bei dir muss ich eine Ausnahme machen."

„Danke, Luke." Michel lächelte verlegen.

„Das sag ich aber hier nur als privater Luke, nicht als euer Lehrer, verstanden? Und das bleibt unter uns."

„Ehrensache", antwortete Michel.

„Jetzt gehen wir an die Feinheiten!", sagte Luke. „Jeder reitet eine Runde im Trab mit Aussitzen. Mila, du beginnst."

Mila trabte an und bemerkte sofort, dass ihr heute das Gleichgewicht fehlte. Sie spannte den Rücken an und sofort ging ihre Hüfte nicht mehr richtig mit und das rechte Bein wurde unruhig.

„Stopp", rief Luke.

Mila parierte zum Stehen durch. „Tut mir leid, ich glaube, mir geistert Adessos Knubbel im Kopf herum. Ich kann mein Gleichgewicht heute schlecht halten."

„Setz dich erst mal gerade hin", sagte Luke. „Schließ kurz die Augen und spüre die Verbindung zwischen Adesso und dir. Dann atme tief und ruhig. Lass deinen Brustkorb locker. Das entspannt deinen Rücken und deine Hüfte."

Mila atmete ein und aus. Dann schloss sie die Augen. Sie spürte Adessos Wärme und die Kraft seiner Muskeln. Sie roch seinen Duft und hörte, wie er leise schnaubte. Alle Gedanken, die gerade noch wild um sie herumgewirbelt waren, schlüpften geordnet in ihren Kopf und eine sanfte Ruhe breitete sich in ihr aus.

Es war ganz einfach, den richtigen Moment zu erwischen. Sie trabte an und BÄMM – sofort war alles mühelos. So wie es sein sollte. Adessos und ihre Bewegungen bildeten eine harmonische Einheit und sie war so tief in ihren Ritt versunken, dass sie nicht mal hörte, wie Charly, Michel und Luke zu klatschen begannen.

# Fundkiste

„Bitte komm mit“, meinte Mila. Sie stellte ihren Eistee auf den Holztisch im Hof. „Ich hab Angst vor dem, was ich da entdecken könnte.“

„Und du bist dir ganz sicher, dass da der Name deines Vaters auf dem Adressanhänger stand?“

Mila nickte. „So sicher, wie ein Pferdepups nicht stinkt.“

„Tut er nicht?“ Charly hob eine Augenbraue. „Hab ich mir noch nie Gedanken darüber gemacht.“

„Also für meine Nase zumindest nicht“, beharrte Mila. „Was ist? Begleitest du mich jetzt? Ich brauch jemanden, der mir diese schwere Eisentür aufhält. Wenn du dich nicht traust, frage ich Michel.“

„Klar begleite ich dich“, sagte Charly gedehnt. „Ich muss nur noch schnell mit Tom klären, dass ich später komme.“

„Aha, aha, ahaaaaa!“, juchzte Mila. „Daher weht der Wind. Du bist mit Tom verabredet! Cool. Dem will ich auf keinen Fall im Wege stehen, das ist ja wohl klar.“ Sie winkte ab. „Nee, du. Lass mal. Dann frage ich Michel.“

„Bist du sicher? Immerhin bin ich deine beste Freundin. Ich verschiebe das Date, wirklich!“

„Genau das ist der Punkt“, antwortete Mila, zupfte an einer von Charlys Locken und ließ sie wieder zurückschnalzen. „Du bist meine beste Freundin und ich will, dass du glücklich bist. Die letzte Zeit war nicht einfach für dich mit diesem ganzen Prinzessinnenkram. Und Tom ist schließlich nur für ein paar Wochen hier auf der Insel. Da sollst du so viel Zeit mit ihm verbringen wie möglich.“

„Bist du dir sicher?“, fragte Charly.

„Ganz sicher“, antwortete Mila und umarmte ihre Freundin fest.

„Da ist es!“ Mila zeigte auf die Tür im Hügel.

Michel und sie waren ziemlich früh losgeritten, um unbemerkt am Hof der Petersens vorbeireiten zu können. Mila hatte ein megaschlechtes Gewissen, weil sie Anna wegen des Koffers nicht gefragt hatte.

Sie wusste genau, dass es eigentlich nicht in Ordnung war, einfach so in Annas Sachen herumzustöbern.

Michel hatte einen einzigen Versuch unternommen, sie umzustimmen. Doch ihm war schnell klar geworden, wie wichtig es für Mila war, den Koffer selbst unter die Lupe zu nehmen.

„Keine schlechte Idee mit dem Felsenkeller", meinte Michel. „Ein super Versteck."

„Na ja. So gut, dass Basti fast nicht mehr herausgekommen wäre", meinte Mila. „Deswegen habe ich mich ja nicht alleine hergetraut."

Sie trat an die Tür. Der Riegel war noch geöffnet.

„Lass dir Zeit", sagte Michel. „Ich werde hier stehen bleiben und dein ganz persönlicher Türaufhalter sein."

„Danke", antwortete Mila. „Du bist ein echter Freund."

„Ich weiß", sagte Michel und zwinkerte ihr zu.

Mila trat in den dunklen Raum und da lag der Koffer. Sie zögerte. Eigentlich war sie furchtbar neugierig auf den Inhalt, gleichzeitig hatte sie aber auch ganz schön Bammel. Vorsichtig zog sie den Koffer unter dem Tisch hervor und näher zur Tür. Sie brauchte ein wenig Licht. Dann klappte sie den Deckel auf: Der Koffer war randvoll gefüllt mit Bildern, Briefen und Notizbüchern. Zuerst griff Mila nach einem Packen Bilder.

Ihr Vater war darauf zu sehen. Und Aduro, sein Pferd. Bei Siegerehrungen, wie sie über ein Hindernis sprangen und Bilder, die offensichtlich im Stall geknipst worden waren. Chris war vielleicht fünfzehn oder sechzehn Jahre alt. Er sah toll aus in seinem Reitdress, fand Mila. Merkwürdig war nur, dass er fast nie lächelte. Im Gegenteil. Sein Mund war auf den meisten Fotos nur ein verbissener Strich.

Das letzte Bild allerdings war anders. Ganz anders. Eine junge Anna und ihr Vater hielten sich verliebt an den Händen und strahlten sich an. Also doch! Sie hatte es geahnt. Papa und Anna waren früher nicht nur Freunde gewesen, sondern ineinander verliebt. Oh Mannomann! Und wie süß die beiden miteinander aussahen …

Hektisch kramte Mila weiter und bekam einen Brief zu fassen, auf den ein gebrochenes Herz gemalt war. Das Papier darin war abgegriffen und fleckig.

Anna, my love,

… stand da. Mit einem roten Filzstift unterstrichen und mit einem Herz daneben.

Ich weiß gar nicht, wie ich ohne dich weiterleben soll. Du schreibst, du kannst nicht mehr mit mir zusammen sein, weil du meinen Ehrgeiz beim Springreiten nicht mehr erträgst. Und dass du mich nicht mehr so liebst wie früher, weil ich unsere Ideale vom Reiten verraten habe.

Du hast recht. Ich habe es übertrieben.

Ich habe nur noch von Sieg zu Sieg gedacht und auf meine, deine und Aduros Bedürfnisse herzlich wenig Rücksicht genommen. Aber muss deshalb alles vorbei sein? Wie soll ich ohne dich weitermachen? Wie soll ich reiten, ohne deine Unterstützung? Das kann ich nicht!!!!

Anna, komm zu mir zurück, bitte!

Nur noch dieses eine Turnier morgen und dann werde ich kürzertreten. Ich verspreche es hoch und heilig.

Kannst du mir verzeihen? Ich tue alles, damit du mich wieder liebst.

Dein Chris

Ach du meine Güte! Mila wurde schlecht. Anna hatte mit Chris Schluss gemacht und nun hielt sie einen Liebeskummerbrief ihres Vaters in der Hand.

Sie schluckte. Das war gleichzeitig ganz schön aufregend, aber auch ganz schön verwirrend. Wie Anna wohl auf den Brief reagiert hatte?

Mila griff nach dem nächsten Umschlag. Doch der enthielt keinen Brief. Nur einen ausgeschnittenen Zeitungsartikel mit der Überschrift: *Das Aus für Chris Hofer? Wollte er zu viel?*

Darunter ein Bild in Schwarz-Weiß, auf dem Chris mit schmerzverzerrtem Gesicht auf dem Boden lag und sich die Hüfte hielt.

Mila erschrak. Was war das denn? Mit klopfendem Herzen überflog sie die Zeilen und musste vor lauter Aufregung immer wieder von Neuem anfangen. Allmählich begann sie zu begreifen. Das Turnier – dieses letzte Turnier, von dem Chris in seinem Brief gesprochen hatte – war für ihn nicht gut ausgegangen. Bei einem Sturz hatte er sich die Hüfte gebrochen. Aduro war selbst so unglücklich gefallen, dass er sich ein Bein brach und eingeschläfert werden musste. Der Reporter äußerte den Verdacht, dass ihr Vater in den letzten Wochen bis zur Erschöpfung trainiert hatte. Härter und ehrgeiziger als alle Konkurrenten. Und dass ihm dies schließlich zum Verhängnis geworden sei.

Mila überlegte. Konnte das stimmen? Ihr Vater, der immer so viel Wert darauf legte, dass sie es mit dem Springreiten nicht übertrieb. Der ihr immer gesagt hatte, dass Turniere nur unnötiger Stress für Pferd und Reiter waren. Konnte es sein, dass er darüber einmal ganz anders gedacht hatte? Und dass er seine Lektion bitter hatte lernen müssen? Mit einem schlimmen Unfall, mit dem Wissen, am Tod des geliebten Pferdes schuld zu sein?

Jetzt ergab plötzlich vieles Sinn, was sie vorher nicht so richtig verstanden hatte. Das Rumgedruckse am Videotelefon, als sie ihren Eltern stolz von ihren ersten Springreiterfolgen erzählt hatte. Der Wunsch ihres Vaters, dass sie auf *Inselglück* nicht bei der normalen Reitklasse mittrainieren sollte. Offensichtlich hatte er mit dem Reitsport seit damals völlig gebrochen. Nicht aber mit den Pferden!

Mila klappte den Deckel des Koffers wieder zu. Sie hatte genug gesehen. Sie rappelte sich auf und lief aus dem Keller. Weg. Sie wollte nur weg. Nach Hause. Zu Adesso.

„Mila, jetzt warte doch mal“, rief Michel ihr hinterher. „Was ist denn passiert?“

Mila hatte Tränen in den Augen und konnte gar nicht mehr richtig sehen, wohin sie lief. Sie stolperte über ein Büschel Gras und fiel der Länge nach hin. Mist! Sie boxte mit der Faust auf den Boden. Wie peinlich. Erst musste sie heulen und jetzt lag sie auch noch auf dem Boden wie eine Flunder.

Im nächsten Moment war Michel bei ihr. Er kniete sich neben sie und strich ihr über den Rücken. Mila war ihm dankbar, dass er keine weiteren Fragen stellte. Er war einfach nur da. Das war gut. Langsam setzte sie sich auf und wischte sich die Tränen von der Wange. Tränen und Blut. Wie auf Knopfdruck fing ihre Stirn zu pochen an.

„Du hast einen Kratzer an der Stirn", sagte Michel. Er öffnete seinen Rucksack und holte ein kleines Erste-Hilfe-Set heraus. „Willst du Micky Mouse oder Star Wars?", fragte er und hielt schulterzuckend zwei Pflasterstreifen in die Höhe. „Ich habe leider keine anderen."

Mila musste lächeln, obwohl ihr eigentlich nicht danach zumute war. „Star Wars. Ich brauche *die Macht*", sagte sie.

„Hab ich mir gleich gedacht. Bitte schön!" Er klebte Mila das Pflaster auf die Stirn. „Und wenn du nicht darüber reden willst, ist es völlig in Ordnung."

Als Mila merkte, dass es Michel ernst damit war, hatte sie mit einem Mal das Bedürfnis, darüber zu reden. Wenn irgendjemand sie verstand, dann Michel.

„Ist doch klar, dass dich das durcheinanderbringt", sagte Michel, als Mila geendet hatte. „Und dass du mega enttäuscht bist. Ich verstehe nicht, warum dir dein Vater niemals von dem Unfall erzählt hat. Dann hättest du doch viel besser nachvollziehen können, warum er so gegen den Reitsport ist …"

Mila nickte. „Ein bisschen mehr Ehrlichkeit wäre gut gewesen. Ich finde das auch total daneben, dass Anna so ein Geheimnis daraus macht, dass sie mal zusammen waren. Darf Peter das nicht wissen? Oder was ist da los? Ist da noch mehr vorgefallen?"

„Willst du Anna selbst fragen?" Michel schlang die Arme um seine Knie.

„Ja … oder? Ach, keine Ahnung." Mila runzelte die Stirn. So sehr, dass sich das Star-Wars-Pflaster zusammenschob. Sie guckte nach oben und patschte es mit der Hand wieder flach. „Das ist ganz schön schwer. Schließlich bin ich ja ohne Erlaubnis an ihre Sachen gegangen. Oh Mann, da hätte ich echt auch früher dran denken können. Diese verflixte Neugier macht mir jetzt Riesenprobleme. Was soll ich machen? Was würdest du tun?"

Michel überlegte einen kurzen Augenblick. „Ich würde zu Anna gehen und beichten, dass du in den Koffer geguckt hast. Ich finde deine Neugier total normal und verständlich. Und auf den Koffer bist du ja eher zufällig gestoßen."

Mila seufzte und atmete ein paarmal tief in den Bauch. „Okay", sagte sie. „Auf zu Anna."

Sie riefen nach Adesso und Pferdinand und die beiden trabten sofort heran. Pferdinand mit Sattel und Adesso ohne. Der Knubbel an seinem Rücken war eher dicker geworden und Mila hatte am Nachmittag einen Termin mit Tierarzt Rosenthal ausgemacht.

Sie griff in Adessos Mähne und schwang sich auf seinen Rücken. Mittlerweile hatte sie das schon so häufig ohne Steigbügel gemacht, dass es ihr keine Schwierigkeiten mehr bereitete.

Sie ritten am Hügel vorbei in Richtung Petersen-Hof. Mila war aufgeregt. Ob Anna wohl böse mit ihr war, wenn sie erfuhr, was sie getan hatte? Auf der anderen Seite: So richtig böse hatte sie Anna noch nie erlebt …

Ein Freudenschrei riss Mila aus ihren Gedanken.

„Mila! Mila!"

War das Jans Stimme? Das konnte doch nicht sein! Er sollte erst übernächste Woche wieder zurück sein.

Aber sie hatte sich nicht getäuscht. Jan rannte ihr mit offenen Armen und einem breiten Grinsen entgegen. Milas ganzer Körper begann vor Freude zu kribbeln und ihr blieb der Mund offen stehen. Einfach so.

Jan war wieder da! Und er sah supergut aus. Sein Gesicht und seine Arme waren braun gebrannt und seine Haare waren vom Salzwasser noch heller als zuvor. Allerdings trug er kein Fischerhemd wie sonst, sondern ein Trikot von Manchester United. Mila ließ sich von Adessos Rücken gleiten und lief ihm entgegen.

Stürmisch umarmte Jan Mila und wirbelte sie herum.

„Ich hab dich vermisst!“, flüsterte er. „So schön, wieder hier zu sein!“

PENG! Mila spürte, wie das Band, das ihr Herz die letzten Tage eng gemacht hatte, zerriss. Ihr Herz pochte wild und sie schmiegte sich an Jans Hals. Wie gut er roch! Dieser spezielle Jan-Duft, der ihre Knie weich werden ließ. Hoffentlich würde er sie nie wieder loslassen. Mila vergaß sogar, dass sie eigentlich sauer auf ihn war, weil er die ganze Zeit mit dieser Linda rumgehangen und so selten angerufen hatte.

„Warum bist du schon zurück?“, fragte sie. „Ist irgendwas passiert?“

Jan nahm Milas Hände und sah ihr in die Augen.

„Ja, zwei Dinge“, sagte er und lächelte geheimnisvoll. „Mir ist klar geworden, dass ich ohne dich nicht länger in England bleiben will. Und als meine Mutter mir erzählt hat, dass Papa krank geworden ist und sie den Hof- und Hotelbetrieb ganz alleine stemmen muss, habe ich mich in den nächsten Flieger nach Hause gesetzt.“ Er strich Mila über die Wange und küsste sie sanft. Dann deutete er auf das Pflaster an ihrer Stirn. „Aber was machst du denn in aller Herrgottsfrühe hier? Und auch noch schwer verletzt?“

Er sah zu Michel. Michel nickte Jan kurz zu.

„Du bist also zurück“, stellte er ziemlich kühl fest. „Das wird Anna sicher freuen. Und Mila.“ Er wandte sich an Mila. „Du brauchst mich ja jetzt nicht mehr. Wir sehen uns dann später?“ Er galoppierte an.

Mila fröstelte und rieb sich über die Arme. Puh, das war ja eine komische Stimmung gewesen zwischen Michel und Jan.

„Ich hab viel zu erzählen“, sagte sie schließlich. „Lädst du mich auf einen Kakao ein?“

# Gemischte Gefühle

„Ich kapier das einfach nicht!“ Mila ließ sich auf Charlys Bett fallen und trommelte mit den Fäusten darauf. „Lieg ich falsch oder ist Jans Verhalten echt ziemlich unsensibel? Ich meine, ich schütte ihm mein Herz aus und dass ich ganz schön durch den Wind bin, und was macht er? Er lacht mich aus und labert die ganze Zeit von seinem Urlaub – von dieser Linda, von den tollen Abenden am Pier und am Strand und was weiß ich. Das ist doch nicht normal, oder?“

„Vielleicht war er so überglücklich, dich zu sehen, dass er das gar nicht richtig verarbeiten konnte?“, überlegte Charly. „Er hat es bestimmt nicht so gemeint.“

„Das dachte ich ja auch“, räumte Mila ein. „Aber er kam mir so gedankenlos vor. Irgendwie oberflächlich. Wir sind jetzt nicht unbedingt im Streit auseinandergegangen. Aber es war komisch. So, dass man sich die ganze Zeit unwohl fühlt. Weißt du, was ich meine?"

„Vielleicht wollte er dir durch sein lässiges Verhalten sagen, dass alles nicht so schlimm ist. Dass du dir umsonst Sorgen machst. Könnte doch auch sein", machte Charly einen weiteren Erklärungsversuch.

„Diese Sorgen hätte mir nur Anna abnehmen können – zumindest den Teil mit dem Koffergeheimnis. Aber die war leider nicht da …" Mila bohrte ihren Kopf ins Kissen. „Und ich hatte mich so gefreut, ihn zu sehen", klang es dumpf daraus hervor. „Jede einzelne Zelle in meinem Körper ist vor lauter Verliebtheit rumgehüpft! Aber was erzähle ich dir? Du kennst das ja. Wie war dein Treffen mit Tom?"

Charlys Augen begannen zu glänzen. „Sehr, sehr schön – und auch ein bisschen romantisch. Als wir am Strand entlanggegangen sind, hat er meine Hand genommen. Ich hab mich gefühlt, als ob ich die Hauptdarstellerin in einem Liebesfilm bin", schwärmte sie.

Mila tauchte aus dem Kissenberg auf. „Das freut mich so für dich, echt. Ich hoffe, ich habe dir jetzt nicht die Laune verdorben."

„Quatsch. Das klappt heute nicht. Nichts und niemand

verdirbt meine Laune. Das heißt aber nicht, dass ich nicht nachempfinden kann, wie du dich fühlst."

Mila nickte und umarmte Charly. „Mal sehen, vielleicht skype ich nachher meinen Vater an und stelle alle Fragen, die mir auf der Seele brennen. Jetzt muss ich in den Stall. Doktor Rosenthal will sich den Abszess an Adessos Rücken ansehen."

„Kannst du denn am Workshop teilnehmen?", fragte Charly besorgt.

Mila zuckte mit den Schultern. „Keine Ahnung. Ich werde wahrscheinlich nicht so viel trainieren können. Mal abwarten, was der Doc spricht. Ich will nichts machen, was Adesso schadet. Wenn er nicht fit ist, dann sag ich den Workshop einfach ab."

„Ich komme mit runter. Ich muss den Tierarzt auch noch etwas wegen Vanilla fragen."

„Das ist recht unangenehm für Adesso, aber du hast bereits genau das Richtige gemacht", sagte Herr Rosenthal.

„Luke hat mir dazu geraten", meinte Mila und streckte Adesso eines der Hafer-Apfel-Leckerlis hin.

Er schnupperte und schnappte sich den Keks mit seinem weichen Maul.

„Lass es dir schmecken, mein Süßer.“ Mila strich Adesso über die weiße Blesse auf der Stirn.

„Ich werde Adesso jetzt ein Antibiotikum spritzen, damit die Keime sich nicht in seinem Körper ausbreiten. Dann werde ich den Abszess vorsichtig öffnen, sodass der Eiter herausfließen kann“, erklärte der Tierarzt.

Oh, das klang nicht gut! Eine Spritze und dann auch noch ein Schnitt. Der arme Adesso. Sie wollte aber unbedingt an seiner Seite bleiben.

„Guck nicht so verängstigt.“ Herr Rosenthal hatte Milas Gesichtsausdruck gesehen. „Beides wird Adesso kaum spüren. Im Gegenteil, es wird ihn erleichtern, dass der Abszess nicht mehr gefüllt ist.“

„Kann gut sein. Aber ich habe trotzdem Angst vor Spritzen. Und vor Skalpellen sowieso.“ Es schüttelte sie, aber sie versuchte, es vor Doktor Rosenthal zu verbergen.

„Bleib einfach neben Adessos Kopf stehen. Es wird ihn beruhigen, dass du da bist.“

Mila nickte erleichtert. Das war *die* Lösung. Sie konnte Adesso beistehen, würde aber von dem Geschnippel und Gepikse nichts mitbekommen. Sie lehnte den Kopf an Adessos und streichelte ihn sanft am Hals. „Mein allerbester, liebster, talentiertester, Adesso“, flüsterte sie.

Adesso schloss die Augen. Er war so ein kluges Pferd. Bestimmt merkte er, wie viele Sorgen sie sich machte. Und natürlich auch, wie sehr sie ihn liebte. Plötzlich schossen Milas Gedanken in ihrem Kopf kreuz und quer. Ihr Vater hatte Aduro sicher auch sehr geliebt. Aber noch mehr geliebt hatte er offensichtlich seinen Erfolg. Ob er sich seinen Fehler jemals verziehen hat?

Vielleicht hatte Jan doch recht mit seinem Misstrauen gegenüber professionellem Pferdesport? Aber musste er deswegen heute so mies reagieren, als sie ihm von ihrer Entdeckung erzählt hatte? Waren Adesso, Vanilla und alle anderen Pferde hier wirklich glücklich? War *sie* wirklich glücklich mit Jan? Plötzlich rannen Mila Tränen über die Wangen und sie konnte gar nichts dagegen tun.

Doktor Rosenthal legte den Arm um ihre Schultern. „Es ist wirklich nicht so schlimm. Adesso hat gar nichts gespürt, und wenn du die Wunde richtig spülst, ist er ganz bald wieder der Alte“, sagte er.

Mila blickte den Tierarzt aus verheulten Augen an. Sie war dankbar, dass er selbst eine Erklärung für ihre Tränen gefunden hatte und sie nichts weiter dazu sagen musste. Denn das wäre eine ziemlich lange, ziemlich verworrene und ziemlich persönliche Geschichte geworden, bei der sie selbst noch nicht so richtig durchstieg.

„Danke“, sagte sie deswegen nur.

„Am besten, du fragst Anna Petersen, ob sie dir die passende Kräutertinktur ansetzt. Sie kennt sich da wirklich gut aus. Dann wird die Wunde austrocknen. Aber kein Sattel bis dahin. Hast du noch Fragen?“

Mila schüttelte den Kopf.

„Dann gehe ich noch eben zu Charly und Vanilla.“

Doktor Rosenthal verabschiedete sich und Mila warf einen scheuen Blick auf die Wunde. Sie war abgeklebt. Die Wunde immer wieder zu spülen würde sie locker hinbekommen.

„Hat es sehr wehgetan?“ Michel trat in die Box.

„Adesso nicht, aber mir dafür umso mehr!“, antwortete Mila.

„War ja klar, du bist ja auch ein Weichei“, gab Michel zurück.

„Na warte!“ Mila nahm eine Handvoll Heu aus Adessos Futterraufe und warf sie nach Michel.

„He, mit dem Essen spielt man nicht!“

„Mit dem Essen meines Pferdes darf man das!“ Mila streckte Michel die Zunge raus. „Bäh!“

Michel rollte mit den Augen und wackelte mit steifen Beinen wie ein Roboter-Zombie auf Mila zu. „Ich krieg dich, und wenn ich dich habe, dann kitzele ich dich durch!“

Schnell flitzte Mila aus Adessos Box und schlang schützend die Arme um ihre Taille. „Wehe!“, sagte sie. „Ich bin kitzelig. Ober-mega-wahnsinnig-kitzelig.“

„Das weiß ich doch. Deswegen macht es ja so viel Spaß. Aber okay, ich will heute mal eine Ausnahme machen. Schließlich musst du dich noch um Adesso kümmern. Was hat denn Doc Rosenthal nun gesagt?“

„Ist alles nicht so schlimm“, erklärte Mila nun wieder ernst. „Allerdings kann ich noch mindestens eine Woche den Sattel nicht draufmachen. Und das wird ganz schön knapp mit dem Workshop. Schließlich kann ich da ja nicht antanzen und ausschließlich ohne Sattel trainieren, oder?“ Sie kraulte Adesso am Kinn und streckte ihm einen halben Apfel hin.

Mit einem Happs knurpste Adesso ihn weg.

„Wenn Adesso noch nicht gesund ist, könnt du und Pferdinand ja für mich einspringen.“

Michel zuckte mit den Schultern. „Keine Ahnung, ist bestimmt nicht so einfach. Aber ich würde an deiner

Stelle mal bei dem Leiter – wie hieß er noch mal, Erpenbeck? – anrufen und ihn fragen, was du tun sollst."

„Gute Idee." Mila grinste. „Erst mal muss ich mit meinem Vater sprechen und vor allem mit Anna – aus medizinischen Gründen und auch wegen meines schlechten Gewissens. Ich habe sie vorhin nämlich nicht gesehen. Die Koffersache ist noch nicht aus der Welt – und vor allem nicht aus meinem Kopf."

Michel nickte. „Mach das. Ich werde ein wenig mit Pferdinand an den Strand gehen und raden."

„Raden?" Mila machte ein fragendes Gesicht.

„Unsere Spezialität. Eine Mischung aus Reiten und Baden", erklärte er. „Mach's gut!"

# Immer merkwürdiger …

Mila stand vor dem Spiegel und popelte sich im Zeitlupentempo das Pflaster von der Stirn. Die Schnittwunde sah einigermaßen gut aus. Noch ein wenig rot, aber das würde schon werden.

In der vorherigen Nacht hatte sie furchtbar schlecht geschlafen. Einfach, weil sie so aufgeregt gewesen war wegen des Koffers und weil ihr die Suche nach Basti noch in den Gliedern gesteckt hatte. Sie beschloss, sich kurz hinzulegen – einen Moment die Augen zu schließen, bevor …

Schon war sie eingeschlafen. Sie befand sich auf einer Weide. Unter ihren Füßen war allerdings keine Wiese, sondern etwas, das aussah wie Schnee, aber nicht kalt war. Neben ihr stand Michel und reichte ihr die Hand. Sie nahm sie und sie spazierte mit ihm los. Alle Pferde, die sie liebte, tollten um sie herum: Renate, Adesso, Pferdinand,

Vanilla und Fenja. Es war total beruhigend, sie zu beobachten. Ihre Hufe wirbelten das weiße Zeugs auf dem Boden auf und alles wirkte dadurch unwirklich. Schön und märchenhaft.

Dann bemerkte sie eine Person auf der anderen Seite des Zauns. Jan. Er winkte Mila heran und sie wollte zu ihm, um ihn auch auf die Watteweide zu lassen, aber sie konnte sich nicht mehr bewegen. Sie streckte die Arme nach ihm aus und begann zu rufen. Doch je lauter sie rief, desto weiter trieb Jan von ihr weg.

Nein!, schrie Mila. Nein!

Etwas schrillte und schepperte. Mila riss die Augen auf. Sie war schweißgebadet. TRRRRRR! Da war es wieder. Aber was eigentlich? Ach ja, ihr Handy! Ein verpasster Anruf von Jan und eine neue Nachricht.

Im Traum hatte sie ihn nicht erreichen können, aber im richtigen Leben hatte er es durchaus versucht. Das war doch zumindest etwas. Sie öffnete die Nachricht mit zitternden Fingern.

*Meine liebste Mila. Entschuldige, ich war gestern blöd und unsensibel. Wollen wir noch mal von vorn anfangen? Ich komme nachher vorbei, wenn ich darf. Dein Jan*

Zum Glück hatte Jan also wenigstens bemerkt, dass die

Stimmung zwischen ihnen seltsam gewesen war. Schnell tippte sie eine Antwort.

*Entschuldigung angenommen. Aber bleib, wo du bist. Ich muss nachher eh noch mal zu euch. Deine Mila*

„Nein, doch nicht so! Renate, nicht!"

Mila wunderte sich. Seit wann schimpfte Tini mit ihrem kleinen Lieblingspony? Das war doch noch nie vorgekommen.

Ein Blick aus dem Fenster und sie wusste, warum.

Der Bollerwagen, den Tini ziehen sollte, quoll über vor lauter Kekstüten und Renate wollte sich einfach nicht von der Stelle rühren. Stur stand sie da und fraß das Gras, das zwischen den Pflastersteinen des Hofs spross.

Tini stand neben ihr und zerrte mal hier und mal da an ihr herum. Sie wirkte völlig verzweifelt. Dann verlegte sie sich aufs Bitten. „Komm, meine Süße", flötete sie. „Komm, bitte hilf mir doch, die Kekse auszuliefern. Du kriegst auch eine Extraportion Futter heute Abend. Versprochen."

Doch Renate ließ sich auch davon nicht beeindrucken.

„Hey, Tini, du willst es einfach zu sehr. Man kann Renate zu gar nichts zwingen, das weißt du doch. Sie muss es selber wollen."

Tini verschränkte die Arme. „Irgendwelche Vorschläge, Frau Schlaukopf, wie wir Renate dazu bekommen können, *dass* sie es will?"

„Vielleicht, wenn wir Adesso als Lockpferd einsetzen?", überlegte Mila.

Tinis Augen begannen zu strahlen. „Ja, genau, das ist es. Ich hab 'ne super Idee!" Sie packte einen Keksbeutel und verschwand im Stall. „Danke, Mila!"

„Keine Ahnung wofür, aber bitte! Gern geschehen!"

Eine halbe Stunde später war Mila frisch geduscht und umgezogen und sie hatte sich überlegt, was sie Jan und Anna sagen wollte. Sie fühlte sich rundum bereit loszureiten.

Adesso stand schon im Hof. Oder vielmehr eine Art geschmückter Christbaum, der Adesso verflucht ähnlich sah. Mila musste zweimal hinsehen, denn sie konnte nicht glauben, was da vor ihr stand.

Das war sicher Tinis Werk gewesen!

Mila kam näher, um das Kunstwerk besser unter die Lupe nehmen zu können. Adessos Schweif und seine Mähne waren eingeflochten. In den kleinen Zöpfen hingen aufgefädelte Pferdekekse, winzige Äpfel und Mini-

Möhren. Es sah einfach unglaublich aus. Und für Renate bestimmt unglaublich lecker. Zum Anbeißen lecker!

Mila begann zu kichern. Sie kicherte und kicherte und konnte überhaupt nicht mehr aufhören zu kichern. Hilfe, das war einfach *zu* komisch! Adesso als Leckerbissen für Renate. Mila hielt sich den Bauch und musste sich an die Hauswand lehnen, um nicht vor Lachen einfach umzuplumpsen.

Adesso sah sie verwundert an. So fröhlich hatte er Mila die letzten Tage nicht erlebt.

„Rattenscharf, oder?" Charly kam aus dem Stall und deutete auf Adesso. „Ich habe Tini dabei geholfen. Wenn Renate jetzt nicht hinter ihm herläuft, dann hat sie wirklich keinen Hunger."

„Diesen Zustand gibt es bei meiner kleinen Dicken nicht", meinte Mila und prustete wieder los. „Wo ist sie überhaupt?"

„Tini hat sie noch mal ausgespannt, weil sie den Wagen anders beladen wollte. Ich glaube, sie steht in Frau Käthes Kräutergarten."

Mila ging um den alten Teil des Internats herum, der aussah wie ein altes Herrenhaus. Hinten hatte Frau Käthe einen kleinen Gemüse- und Kräutergarten angelegt, der wahrscheinlich einer der beiden Gründe war, warum das Essen auf *Inselglück* von allen so sehr geliebt wurde. Der zweite war Frau Käthes obergeheimes Geheimrezeptbuch, das so geheim war, dass es niemals niedergeschrieben wurde, sondern nur in Frau Käthes Kopf existierte.

Mila sog den würzigen und gleichzeitig süßen Duft ein, der von dem Garten herüberströmte. Doch der Garten war leer. Keine Renate weit und breit. Mila sah sich suchend um.

Oh weia! Renate stand neben der kleinen Bank, auf der Frau Käthe sich manchmal ausruhte und auch das Essen abstellte. Renate hatte ihren Kopf in einer großen Schüssel vergraben. Oh, oh, oh. Das war nicht gut. Mila sprintete los. Als sie bei Renate ankam, sah sie gerade noch, wie der letzte geschälte Apfel im Maul verschwand. In diesem Augenblick trat Frau Käthe aus der Küchentür.

„Nein, das darf doch einfach nicht wahr sein! Wer hat denn diesen Vielfraß in meinen Hintergarten gestellt? Meine schönen Äpfel. Den Apfelstrudel zum Nachtisch können Annas Gäste nun vergessen!“, rief sie völlig außer sich und versuchte, Renate von der Schüssel wegzuziehen. Ohne Erfolg, schließlich war der Inhalt der Schüssel fressbar gewesen.

„Tut mir leid, Frau Käthe“, sagte Mila schnell, um Tini zu schützen. „Sie ist mir ausgebüxt und du weißt ja, wie sie ist: der erste und einzige Apfelstaubsauger der Welt.“

Frau Käthe nahm die Schüssel mit einem Ruck an sich und hob den Zeigefinger: „Heute Abend bist du hier in der Küche und dann werden Äpfel geschält! Verstanden?“

Mila schluckte und nickte. Hoppla. Frau Käthe konnte ja richtig wütend werden …

Natürlich hatte Renate trotz der vielen Äpfel noch Appetit und so klappte Tinis Pferde-Lock-Plan wunderbar. Sie zog den Bollerwagen, ohne zu murren, klebte mit der Nase direkt an Adessos Schweif und versuchte immer wieder, an eine der Möhren zu kommen.

Mila hatte Tini von Renates Überfall auf die Apfelvorräte erzählt und Tini hatte ihr fest versprochen, beim Apfelschälen zu helfen. Sie sah richtig zerknirscht aus. Allerdings nicht, wie Mila feststellen musste, weil sie ein schlechtes Gewissen hatte, sondern eher, weil sie sich Sorgen machte, dass die vielen Äpfel Renates Verdauung schaden könnten.

„Hoffentlich bekommt sie keine flotte Lotte davon“, meinte sie und küsste Renate auf den Hals.

„Meinst du Durchfall?“

Tini nickte.

„Du solltest ihr heute auf keinen Fall mehr Äpfel oder Möhren geben“, stimmte Mila ihr zu. „Der viele Zucker ist echt nicht so toll. Ich habe mal gehört, dass man nur einen Apfel pro hundert Kilo Körpergewicht füttern sollte. Ich befürchte, da ist Renate heute drüber.“

„Ich pass auf wie ein Luchs“, versprach Tini. „Danke, dass du uns begleitet hast. Das letzte Stück zum Pferdeladen in Ritteck kriegen wir zu zweit hin, nicht wahr, du verfressenes Monster?“ Sie wuschelte Renate durch die Mähne. „Und auf dem Rückweg ist der Wagen viel leichter.“

Mila sah ihrer Cousine und Renate noch ein Weilchen nach. Zum einen, weil die beiden einfach richtig niedlich zusammen waren, und zum anderen, weil sie ein wenig Angst vor dem Treffen mit Jan hatte.

Ob die Zeit, die Jan in England gewesen war, etwas mit ihren Gefühlen gemacht hatte? Sie fühlte eine Fremdheit, die vorher einfach nicht da gewesen war. Oder vielleicht hatte sie sie auch vor lauter Verliebtheit gar nicht bemerkt? Jan tickte so anders als sie. Bei ihm musste sie immer nachfragen, wie er etwas meinte, und er tat manchmal richtig geheimnisvoll. Das war zwar spannend und sie hatte sich auch deshalb in ihn verliebt, aber es war auch anstrengend.

Mit klopfendem Herzen ritt sie weiter. Sie sah ihn bereits von Weitem. Er war auf der Koppel mit den Isländern und töltete mit Baldri. Nun klopfte ihr Herz nicht nur, es machte sogar einen kleinen Hüpfer.

Mila liebte die besondere Gangart der Islandpferde. Ein Galopp, der aber völlig gerade und ruhig lief. Als würden die kräftigen Tiere einfach so über die Erde schweben. Kleine fellige Engel auf vier Hufen.

Als Jan Mila und Adesso sah, parierte er zum Schritt durch und kam lachend auf Mila zu.

Mila erinnerte sich an ihre Abmachung, so zu tun, als ob ihr erstes Treffen nicht stattgefunden hätte.

„So eine Überraschung!“, rief sie deshalb laut. „Was machst du denn hier? Ich dachte, du bist noch in England!“

Sie öffnete das Gatter und führte Adesso hinein. Jan war von Baldris Rücken gesprungen und lief Mila – wie vorhin – mit offenen Armen entgegen.

„Ich bin vor allem wegen dir zurückgekommen“, sagte

er und wirbelte sie wieder herum. „England war wunderschön, aber *du* warst nicht da!“

SCHWUPP! Da war es wieder. Das alte, unglaubliche, sensationelle Gefühl, in Jans Armen zu liegen. Ihn zu riechen, ihn zu spüren.

„Hier war es auch schön, aber *du* warst nicht da“, antwortete Mila. Und diesmal nahm sie sein Gesicht in ihre Hände und küsste ihn. „Ich glaube fast, du hast noch mehr Sommersprossen bekommen. Komm, wir setzen uns da drüben unter den Baum, damit ich sie zählen kann.“

# Liebesgeschichten

„Ich konnte einfach nicht anders“, sagte Mila kleinlaut. Sie saß mit Anna, Jan und einem schniefenden Peter am Abendbrottisch und knabberte lustlos an einem Schinkenbrot herum. „Es tut mir so leid!“

Anna stand auf und legte den Arm um Mila. „Nein, dear, mir tut es leid, dass du es auf diese Art und Weise erfahren musstest. Ich weiß nicht genau, welche Gründe dein Vater hatte, dir die Sache nicht zu erzählen, aber eines weiß ich: Du bist ein so vernünftiges und tolles Mädchen, er hätte auf jeden Fall keine Angst haben müssen, dir die Wahrheit zu sagen.“

Mila stützte den Kopf in die Hände und starrte auf den dampfenden Tee vor ihrer Nase. „Und du bist nicht sauer, dass ich einfach deine Sachen durchwühlt habe?“

„Nein, ich denke, das hätte jeder von uns getan“, beruhigte Anna. „Schließlich stand der Name deines Vaters darauf."

„Ich habe auch schon mal unerlaubt in den Koffer geguckt", räumte Peter hustend ein. „Als ich Anna kennengelernt habe, stand dieser Koffer unter ihrem Bett. Für Anna waren es Erinnerungen an eine schöne Zeit, aber ich war natürlich eifersüchtig. So viele Briefe …"

„Ich kann mich noch immer nicht an den Gedanken gewöhnen", sagte Jan kopfschüttelnd. „Um ein Haar hätte es also weder mich noch Mila gegeben oder wir wären jetzt so was wie Geschwister? Ahhh!" Er nahm Milas Hand und schmatzte einen Bussi darauf.

Mila grinste. „Nicht auszudenken …"

„Wir waren noch so jung", begann Anna zu erzählen. „Ich war gerade mit meinen Eltern aus England nach Deutschland gezogen und bin immer in der Nähe von Chris' Reitplatz spazieren gegangen. Ich war fasziniert von Aduros Eleganz und von Chris' Talent. Also blieb ich immer öfter und immer länger stehen und irgendwann sind Chris und ich ins Gespräch gekommen. Er hat mir sehr gut gefallen und ich habe mich Hals über Kopf in ihn verliebt. Etwas über ein Jahr war alles super, wir haben ganz viel zusammen unternommen und ich habe auch ein wenig reiten gelernt. Aber Chris wurde von Woche zu Woche ehrgeiziger. Was ich wollte, zählte irgendwann nicht mehr, sondern es zählten nur noch die blöden Springturniere und seine Leistung. Ich habe immer wieder versucht, ihn zur Vernunft zu bringen. Ihm zu zeigen, was wirklich wichtig ist. Spaß zu haben am Reiten. Am Leben. Aber es hat nichts genützt. Sogar unsere Liebe war machtlos gegen Chris' Ehrgeiz und diesen blöden Trainer, der aus ihm unbedingt den erfolgreichsten Reiter Deutschlands machen wollte. Irgendwann konnte ich es nicht mehr mit ansehen, wie Chris sich selbst und Aduro fertiggemacht hat, und ich habe die Beziehung beendet. Obwohl es mir damals das Herz gebrochen hat. Ich bin dann für eine ganze Zeit nach Island und habe dort Peter kennengelernt, der mit Islandpferden gearbeitet hat." Anna drückte Peters Hand. „Wir lieben beide Pferde, aber eben auf eine ganz andere Weise, als Chris es damals getan hat."

„Das war also vor dem Unglück?", fragte Mila.

„Ja, ich habe die Beziehung ein paar Tage vor dem Unglücksritt beendet. Du kannst dir vorstellen, dass ich mir immer eine Mitschuld an dem Unfall und an Aduros Tod gegeben habe", sagte Anna leise. „Bestimmt war Chris mit seinen Gedanken ganz woanders."

„Nein, du bist nicht schuld", platzten Jan und Mila gleichzeitig heraus.

„Du hattest ihn davor gewarnt, am Turnier teilzunehmen. Und du hast gesehen, dass sowohl Chris als auch Aduro am Ende ihrer Kräfte waren!", fügte Mila an.

„Ja, das stimmt. Und doch bin ich einfach weggegangen. Ich konnte es nicht mehr mit ansehen. Aber Chris hätte mich gebraucht. Er steckte zu tief drin, um noch klare Entscheidungen treffen zu können. Ich habe von seinem Unfall und von Aduros Einschläferung erst durch die Zeitung erfahren. Und ich Feigling habe mich nicht mehr bei ihm gemeldet.

Natürlich habe ich den Pferdesport weiterhin verfolgt. Chris' Name tauchte nie wieder irgendwo auf, daraus habe ich geschlossen, dass er seine Karriere nach diesem Ereignis beendet hat. Was ja wohl auch tatsächlich so war."

Mila nickte. „Nicht nur seine Karriere. Papa liebt Pferde, aber er hasst alles, was mit Springreiten zu tun hat."

Anna seufzte und wischte sich über die Augen. „Ich wusste nichts von seinem Sinneswandel. Ich wusste ja bis vor ein paar Monaten noch nicht mal, dass er eine kleine Tochter hat und dass mein Sohn in genau diese wunderbare Tochter verliebt ist. Und ich bin sehr froh, dass er hier auf Marum war und wir in Ruhe über alles sprechen konnten. Auch wenn es noch mal sehr aufwühlend war und ich alle unsere alten Briefe wieder gelesen habe. Für mich ist es erst jetzt wirklich gut." Sie schmiegte sich verliebt an ihren Mann.

„War das ein Brief von Chris, den du neulich vor uns versteckt hast?", fragte Mila.

Anna nickte. „Es war doof, die Sachen noch einmal rauszukramen. Aber ich konnte nicht anders."

„Es war gut, dass ihr euch ausgesprochen habt", sagte Peter. „Nur so können die alten Wunden auch wirklich heilen. Und übrigens: Noch viel besser ist es, dass du dich damals für mich entschieden hast!"

„Immer wieder gerne, Darling", meinte Anna.

„Neee, aufhören", quiekte Jan. „Ihr seid meine Eltern. Bitte nicht. Macht das, wenn wir draußen sind, okay?" Er biss noch einmal in sein Brot, stand auf und zog Mila vom Esstisch weg. „Wir sind bei den Pferden!"

Anna lachte. „Ich komme gleich nach und bringe die Kräutertinktur für Adesso. Aber keine Panik – ich komme alleine!"

„Mir tut es auch leid", meinte Jan, als sie zur Koppel gingen. „Ich war total überfordert von dieser Spionagegeschichte, die du mir erzählt hast. Der Koffer mit den Liebesbriefen zwischen deinem Vater und meiner Mutter, ein schwerer Reitunfall, ein Pferd, das eingeschläfert werden musste. Ich wusste das ja alles auch nicht. Das war einfach too much. Vor allem, weil ich mich ja so gefreut habe, dich zu sehen und dir von England erzählen zu können. Und da hab ich pampig reagiert. Das war blöd."

Mila nahm Jans Hand. „Ich verstehe das schon. Mich hat das alles auch ziemlich überrumpelt. Deswegen wollte ich ja unbedingt mit dir reden."

Jan sah sie an und Mila spürte die Wärme, die von ihm ausging. „Alles wieder gut?", fragte er. „Ich … ich …" Jan verstummte und kaute verlegen auf seiner Oberlippe herum. „Ich mag dich nämlich sehr, Mila Hofer. Mehr, als du dir vorstellen kannst."

Mila schloss die Augen und umarmte Jan fest. Ja, alles war wieder gut.

# Vorbereitungen

Die Woche darauf verging wie im Flug. Mila hatte ein paarmal mit ihrem Vater geskypt und sie hatten sich gründlich ausgesprochen. Er hatte ihr erklärt, dass er sich furchtbar für sein früheres Verhalten schämte und er befürchtet hatte, dass er kein gutes Vorbild für Mila wäre, wenn er ihr die ganze Sache erzählt hätte.
Mila hatte gemerkt, wie erleichtert ihr Vater war, dass sie Verständnis für ihn hatte.

Was hätte aus ihm werden können mit so tollen Trainern wie Luke und Tamara an seiner Seite? Dann wäre all das, was passiert war, sicher nicht passiert.

Tini hatte ihre geheime Spardose bei Mila im Zimmer aufgestellt und zählte jeden Tag ihre Ersparnisse.
Mila war stolz. Die Sache mit dem Internetkanal lief zwar

noch nicht so richtig gut, aber sie hatten auch erst drei Filme online gestellt (auf denen Renate nie das machte, was von ihr verlangt wurde …). Das meiste Geld hatte Tini allerdings mit ihrer Idee vom *Essen auf Hufen* verdient. Sie hatte nämlich nicht nur Kekse für die gesamte Pferdeschar der Insel gebacken, sondern hatte belegte Brote und Kuchen verkauft, wenn die Fähren im Hafen angelegt hatten. Die Leute fanden Tini und Renate so niedlich, dass sie immer nach kurzer Zeit ausverkauft waren. Und mittlerweile hatte Tini schon über dreihundert Euro zurücklegen können. Tante Caro würde Augen machen. Der Urlaub zu den französischen Wildpferden im nächsten Sommer war nun in greifbare Nähe gerückt.

Mila bekam Charly nur dann zu Gesicht, wenn sie sich den Inselindianern um Basti Hinterhofer anschloss. Was oft der Fall war, denn sie mochte die Gruppe und sie hatten viel Spaß zusammen. Sogar Michel und Jan waren ab und zu dabei.

Mila war glücklich. Diese Ferien waren genau nach ihrem Geschmack. Sie bedauerte fast, dass noch der von ihr gewonnene Workshop bei Herrn Erpenbeck anstand. Von ihrer Seite aus hätte es nun ewig so weitergehen können: Sonne, Strand, Pferde, nette Menschen und Jan!

Adessos Abszess war dank Annas Heiltinktur gut verheilt – Doktor Rosenthal meinte sogar: in Rekordschnelle. In den letzten Tagen hatte sie ihm probeweise den Sattel aufgelegt und war ein paar Minuten geritten. Doch sie musste sich eingestehen, dass sie den einfachen Halsring vermisste. Sie war Adesso ohne Sattel einfach näher und sie hatte das Gefühl, direkt mit ihm „sprechen“ zu können. Der Sattel und das Zaumzeug erschienen ihr inzwischen wie ein Umweg. Während des Trainings merkte Mila, dass es ihr nun um einiges leichter fiel, die Hände locker zu lassen, und dass sie ganz automatisch den Rücken aufrichtete und die Schultern im richtigen Winkel zurückzog. Luke, der ab und an bei ihrem gemeinsamen Training mit Michel und Charly vorbeischaute, lobte sie viel, war nun aber auch mit den kleinen Fehlern viel strenger als vorher.

Sie trainierten gerade Übergänge. Vom Schritt zum Trab und dann in den Galopp. Charly hatte Luke um diese Extra-Reitstunde gebeten, weil sie wollte, dass Vanilla durchlässiger wurde. Vanilla sollte auf alle Hilfen, die ihr Charly gab, auch korrekt reagieren. Dazu musste Charly diese Hilfe aber klar und eindeutig geben.

„Ja, gut, Charly. Und jetzt die Pobacken zusammenkneifen. Dadurch spannt sich dein Kreuz an und Vanilla kann nicht mehr nach vorne gehen. Knie leicht schließen – und siehst du: ein perfekter Übergang vom Trab in den Schritt!", sagte Luke gerade.

Mila saß auf Adesso und beobachtete ihre Freundin. Michel reparierte eine Latte am Zaun des Reitplatzes, guckte aber oft zu ihnen herüber.

Plötzlich rannte Tini auf Michel zu und wedelte mit einem Brief in ihrer Hand. „Post für dich, Michel!", sagte sie. „Schon wieder von Nele!"

Nele? Mila legte den Kopf schief und sah Michel forschend an. Sie kapierte gar nichts: Hatten Michel und ihre manchmal ziemlich nervige Zimmergenossin etwa Kontakt? Was wollte Nele von Michel? Das konnte nur irgendetwas Mieses sein. In Mila schrillte eine Alarmglocke.

Zu allem Überfluss wurde Michel total nervös und sagte kurz angebunden: „Ja, ja, leg mir den Brief einfach ins Stallbüro."

Mila sah Charly an und Charly sah Mila an. Mila wusste sofort, dass Charly sich in diesem Moment die gleichen Fragen stellte wie sie.

Michel war die Situation extrem unangenehm und er starrte auf das Stück Holz, das er in der Hand hielt.

„Können wir weitermachen?“, fragte Luke arglos. „Mila, du bist dran.“

Mila ritt an, doch ihre Gedanken waren weder bei Adesso noch bei den Aufgaben, die Luke ihr stellte. Immer wieder schweiften sie zu Nele ab. Nele und Michel waren überhaupt keine Freunde. Im Gegenteil. Nele mit ihren ständigen Zickereien und Eifersuchtsanfällen hatte Michel immer genervt. Und obwohl Charly und sie vor einigen Wochen ihr Pferd gerettet hatten, war ihr Verhältnis immer noch schwierig. Nele *war* einfach schwierig!

„Mila, bitte konzentrier dich!“, rief Luke gerade. „Ich sehe, dass du anwesend bist, aber mit deinem Kopf bist du irgendwo in den Wolken.“

„Es geht mir nicht gut“, sagte Mila entschlossen und schwang sich von Adesso. „Ich muss für heute aufhören.“

„Dann du, Charly!“

„Tut mir leid, Luke, ich seh mal nach Mila. Danke für die Stunde. Wir sind jetzt echt gut für den Workshop übermorgen vorbereitet.“

Luke sah sie überrascht an. „Wenn ihr meint … Dann bis nachher.“ Er wandte sich an Michel. „Das muss man jetzt nicht verstehen, oder?“

Michel antwortete mit einem schiefen Grinsen.

„Muss die sich überall einmischen? Was will sie von *meinem* Michel?“, fragte Mila aufgebracht. Sie hatte sich bei Charly eingehakt und stampfte den Gang zu den Zimmern der Internatsschüler entlang.

„*Dein* Michel?“ Charly runzelte die Stirn. „So ganz weiß ich nicht, warum du dich aufregst. Er kann doch machen, was er will, und befreundet sein, mit wem er will, oder nicht?“

Mila spürte, wie Wut und Enttäuschung in ihr hochsprudelten. Das war ihr altes Problem, das sich manchmal noch schwer im Zaum halten ließ. Ihre Gefühle verselbstständigten sich dann einfach und galoppierten mit ihr davon.

„Doch, natürlich darf er selber entscheiden. Aber offensichtlich *kann* er es nicht. Und du kennst Nele. Sie meint es bestimmt nicht gut mit ihm. Sie ist eine hinterhältige Ziege, die einem zwar manchmal ein wenig leidtut, aber sich das Leben mit ihrem Blöd-Verhalten selber schwer macht“, platzte es aus Mila heraus. „Und die immer einen persönlichen Vorteil davon haben will, wenn sie mal zu jemandem nett ist.“

Charly stemmte die Hände in die Hüften. „Jetzt mach aber mal langsam, ja? Du weißt überhaupt nicht, warum die beiden sich schreiben. Und wenn du mich fragst, wenn Michel es dir nicht selber sagen will, dann geht dich die Sache auch gar nichts an. Schließlich bist du ja nicht mit Michel zusammen.“

Mila erschrak. Hoppla, so deutliche Worte hatte sie von Charly selten zu hören bekommen. Und natürlich wusste Mila sofort, dass ihre Freundin recht hatte. Michel konnte sich selbst aussuchen, mit wem er befreundet sein wollte und welche Menschen ihm guttaten. Und trotzdem fühlte es sich an, als hätte ihr ein Pferd kräftig mit dem Huf in den Bauch getreten. Hilfe! Irgendwie hatte sie gedacht, dass die Freundschaft zwischen Michel und ihr etwas Einzigartiges war. Etwas, das nur sie beide teilten. Und plötzlich sollte auch Nele Michel wichtig sein? Mila konnte den Gedanken daran fast nicht ertragen. Michel war ihr Fels in der Brandung! Als sie auf *Inselglück* angekommen war, hatte er sich um sie gekümmert, ihr alles gezeigt und ihr geholfen, sich einzugewöhnen. Und das war so geblieben. Obwohl sie wusste, dass Michel sich mehr als nur Freundschaft von ihr wünschte. Konnte es sein, dass sie eifersüchtig war? Ja, das war es! Sie war eifersüchtig. Sie wollte nicht, dass Michel seine Zeit mit Nele verbrachte, sondern er sollte sie lieber mit ihr verbringen. Und gleichzeitig wusste sie, dass es ungerecht war. Schließlich war sie mit Jan zusammen und konnte nicht erwarten, dass Michel daheimsaß und wartete, bis sie einmal Zeit für ihn hatte oder ihn für irgendetwas brauchte.

Sie erzählte Charly von ihrem Gefühlschaos.

Charly schluckte. „Das ist ganz schön egoistisch, Mila. Auch wenn ich es ein bisschen verstehen kann", meinte sie zum Schluss. „Vielleicht ist es für euch beide gut, wenn sich Michel mit jemand anderem anfreundet. Dass es Nele ist, finde ich zwar auch nicht so knusprig, aber wer weiß, was für ein toller Mensch hinter der Drachenfassade steckt?"

„Komm, wir gehen noch in der Küche vorbei", schlug Mila vor. „Vielleicht sind noch ein paar Nudeln von gestern übrig. Ich brauche Trost und mentale Stärke. Das klappt am besten mit einem Teller Spaghetti bolognese."

# Es geht los …

Mila schwitzte. Sie wischte sich mit einem Handtuch, das sie sich über ihre Schultern gelegt hatte, über die Stirn. Es war mal wieder überirdisch heiß. Ausgerechnet heute, wo sie die Pferde erst in die Anhänger, dann auf die Fähre und anschließend übers Meer bringen mussten. Ganz zu schweigen von der rumpeligen Überlandfahrt, die ihnen dann noch drohte.

Adesso und Vanilla hatten sich jedoch erstaunlich ruhig verhalten. Und zum Glück bestand Adesso nicht mehr darauf, dass auch Renate mit im Hänger fahren musste. Solange Vanilla an seiner Seite war, vertraute er offensichtlich darauf, dass er auch wieder nach Hause kam.

Vielleicht lag es allerdings auch an den superkomfortablen Pferdeanhängern, die Charlys Eltern geschickt hatten – samt Fahrer. Charly hatte darauf bestanden, dass nirgendwo das Wappen der Familie zu sehen war. Schließlich wollte sie als Charly am Workshop teilnehmen und nicht als Prinzessin Charlotte Arlene von Löwenstein-Gabelsberg. Und sie wollte auch keine professionellen „Pferdekümmerer“ aus dem Stall ihrer Eltern. Deswegen hatte Michel sich bereit erklärt, als „Junge für alles“ mit auf das Reitwochenende zu fahren. Mila hatte erst gedacht, sie müsste Überzeugungsarbeit leisten, aber Michel war superschnell mit dem Vorschlag einverstanden gewesen. Merkwürdig schnell. Aber Mila war ihm sehr dankbar. Michel kannte Adesso und Vanilla sehr gut und die Pferde vertrauten ihm blind.

Die Pferde waren bereits im Bauch der Fähre verladen, doch die Abfahrt verzögerte sich um eine Viertelstunde. Mila, Charly und Michel schlenderten zum *Café Eiszeit* und kauften sich jeweils das Überraschungspaket. Da die Eissorten in der *Eiszeit* ausnahmslos super waren, konnte man nichts falsch machen. Zur Überraschung gehörte außerdem noch ein kleines Quiz. Man schleckte sich durch die drei Sorten, die auf der Überraschungswaffel aufgetürmt waren, und wenn man alle richtig erriet, bekam man noch eine Kugel nach Wahl gratis. Perfekt!

Heute lag Mila ausnahmsweise daneben und nur Michel und Charly bekamen die Extra-Kugel obendrauf. Mila war aber nicht böse. Sie hätte sowieso nicht gewusst, wie sie noch eine vierte Kugel hätte essen sollen.

Am liebsten wäre sie jetzt einfach wieder nach Hause gefahren. Zu Luke, zu Jan, zu ihrem Sommerferienleben auf Marum, das sie mittlerweile sehr genoss. Der Workshop würde richtig in Arbeit ausarten. Vorgestern hatten sie den Ablaufplan zugeschickt bekommen. Horror. Wenn sie zwischen den vielen Extra-Trainings und Theoriestunden noch Zeit fürs Zähneputzen fand, konnte sie sich schon glücklich schätzen. Charly hatte sie aufgemuntert und gemeint, dass es sicher nicht so schlimm werden würde, aber Mila war sich da nicht so sicher.

Sie sah Michel an. Der war heute so richtig aufgedreht. Flattrig, gemischt mit superalbern. Ob er aufgeregt war? Normalerweise war er eine coole Socke, die nichts so schnell aus der Ruhe brachte. Mila überlegte. Genaugenommen war Michel nicht erst seit heute so, sondern seit sie mitbekommen hatte, dass Nele und er sich schrieben. Wieder spürte Mila diesen doofen Eifersuchtsstachel im Bauch und ärgerte sich. Dieser Stachel hatte nichts, aber auch gar nichts in ihrem Bauch zu suchen!

Da half auch nicht, dass Jan sich beim Abschied gestern ultrablöd verhalten hatte, indem er ihr viel Spaß beim „Quäl- und Stressworkshop“ gewünscht hatte. Mila verstand nicht, warum er ihr immer wieder mit dieser Unterstellung wehtun wollte. Er musste doch wissen, wie wichtig ihr ein fairer Umgang mit den Pferden war. Sie hatte nichts darauf erwidert und so getan, als ob er nur einen Scherz gemacht hätte. Dann hatten sie nicht mehr darüber geredet und es war doch noch ein ziemlich schöner Abend geworden. Trotzdem ploppte Jans Ausspruch immer wieder in Milas Kopf auf und sie hatte sich mit gemischten Gefühlen von ihm verabschiedet. Vielleicht musste sie ihm einfach noch einmal klarmachen, wie sie darüber dachte. Aber das musste sie vertagen. Jetzt würde sie auf die Fähre steigen und diesen Workshop hinter sich bringen!

Charly deutete auf das Display des Navigationsgeräts vor ihr. „Noch drei Kilometer“, sagte sie erleichtert. „Wir haben es bald geschafft.“

„Schade“, sagte Michel und nahm sich noch eine Limo aus dem kleinen Bordkühlschrank. „Ich könnte hier noch stundenlang chillen. Ich war noch nie mit einer Limousine unterwegs.“

„Voll peinlich …“ Charly verdrehte die Augen. „Was denkst du, was die anderen von uns halten, wenn sie sehen, mit welchen Autos wir hier vorfahren. Zum Glück sind wir früh dran. Ich hoffe, es ist noch niemand da.“

Mila grinste, nahm sich ebenfalls eine Flasche Limo und prostete Michel zu. Sie konnte beide Seiten verstehen.

Nach ein paar Minuten fuhren sie an einem großen und gepflegten Reitplatz vorbei. Auf der anderen Seite standen Pferde auf der Koppel und guckten neugierig zu ihnen herüber. Vor ihnen lag Gut Ammernweide, auf dem der Workshop stattfinden sollte. Es sah richtig einladend aus. In Mila begann die Vorfreude zu kribbeln. Vielleicht hatte Charly recht und es würde ganz nett werden? Sie bogen auf den Parkplatz ein und Mila erstarrte, als sie sah, wer da stand und wartete. Bitte nicht!, schoss es ihr durch den Kopf. Das durfte doch einfach nicht wahr sein! Nein, es würde nicht nett werden. Ganz und gar nicht nett!

„Seid ihr auch endlich da?“, fragte Nele und grinste hämisch. „Also, ich habe Fairy schon eingecheckt und sie auch schon mit dem Gelände vertraut gemacht. Das ist natürlich ein Vorteil, den ich nachher haben werde!“ Dann wandte sie sich Michel zu und umarmte ihn stürmisch. „Mein lieber, lieber Michel“, quiekte sie in viel zu hoher Stimmlage. „Das ist ja so süüüüß von dir, dass du mitgekommen bist, um mich zu unterstützen.“

Milas Augen verengten sich zu Schlitzen. Wie bitte? Sie hörte ja wohl nicht recht. Michel war mitgekommen, um die fiese Schlange Nele zu unterstützen? Deswegen war er so schnell bereit gewesen? Das ging echt zu weit. Mila ballte die Fäuste. Sie konnte nicht mehr klar denken. Sie war so wütend. Wütend und *megasauer*. „Schöner Freund bist du!“, brüllte sie Michel an. „Verbündest dich hinter meinem Rücken mit Nele. Auf dich kann ich echt verzichten, du … du … Verräter!“ PENG! Milas letztes Wort blieb in der Luft hängen und hallte in ihrem Kopf nach.

Michel sah sie traurig an. „Okay, wenn du das so siehst … Du hast dir deine Meinung gebildet, ohne meine Version der Geschichte zu kennen.“ Er senkte die Augen und drehte sich um.

Nele hatte den Schlagabtausch zwischen Michel und Mila amüsiert verfolgt. Nun legte sie den Kopf schief, hakte sich bei Michel unter und zog ihn weg.

„Komm, ich zeige dir alles“, flötete sie.

„Was machst du überhaupt hier?“, rief Mila Nele nach. „Du darfst gar nicht hier sein!“

„Schon mal was von Vitamin B und Vitamin G gehört?", antwortete Nele schnippisch. „Nee? Kann ich mir vorstellen. Dafür bist du nicht *in* genug!"

Mila war drauf und dran, Nele hinterherzurennen und ihr tüchtig die Meinung zu sagen.

Charly legte Mila beruhigend die Hand auf den Arm. „Schnauf mal durch", riet sie Mila. „Du benimmst dich wie ein wild gewordener Leguan."

Mila musste lachen und das Lachen ließ ihre Wut verdampfen. „Du denkst also, so benimmt sich ein wilder Leguan? Da musst du aber in Bio besser aufpassen." Sie fletschte die Zähne und machte: „Grrrr!"

„Entschuldige, du bist also ein wildes Eichhörnchen."

Mila winkte ab. „Charly, du bist unmöglich. Kannst du mir bitte verraten, warum die blöde Kuh Nele hier ist? Und was Vitamin B und G sind?"

„Vitamin B steht für nützliche Beziehungen, Vitamin G: keine Ahnung", sagte Charly gelassen. „Komm, wir packen jetzt mal unsere Pferde aus und *checken ein*, wie man hier wohl sagt. Dann sehen wir zu, dass wir die restlichen Fragen beantwortet bekommen."

Mila seufzte. „Hab ich eine andere Wahl?"

„Nö", meinte Charly. „Eigentlich nicht."

# Böse Überraschung

Mila striegelte Adesso und grummelte. Der Workshop auf Ammernweide hatte denkbar schlecht begonnen. Zu allem Überfluss durfte Nele nicht nur an diesem Wochenende teilnehmen, weil Herr Erpenbeck ihrem Vater einen Gefallen schuldete, sondern sie wohnte auch noch im selben Zimmer wie Mila und Charly. Schöne Pleite. Nun konnte sie nicht mal mehr in Ruhe mit Charly reden.

Adesso bemerkte Milas schlechte Laune und rieb seinen Kopf an ihrem Oberarm.

„Hast ja recht, mein Großer", flüsterte sie. „Soll sie doch auch teilnehmen – sie nimmt mir ja nichts weg." Außer Michel, fügte sie in Gedanken hinzu.

„Mila Hofer", tönte es durch einen Lautsprecher. „Komm bitte in Halle eins. Dein Einzeltraining beginnt in fünfzehn Minuten."

Oh, sie hatte getrödelt. Nun musste es schnell gehen.

„Adesso, jetzt müssen wir zeigen, welch supertollgeniales Wunderteam wir sind. Und es wird eine unserer leichtesten Übungen werden."

Sie sattelte Adesso vorsichtig und achtete besonders auf die noch empfindliche Stelle, an der der Abszess gewesen war. Zum Glück lag Halle eins gleich bei den Ställen und sie musste nicht weit laufen.

Sie führte Adesso hinein und staunte. Es war angenehm kühl und es roch gut nach frischem Einstreu. Auf dem Platz war ein Springparcours der Klasse M aufgebaut. Mila sah eine In-Out-Reihe und einen Sprung, den sie aus der Wendung nehmen musste. Sie schätzte, dass die Stangenhöhe um die eineinhalb Meter hoch war. Eine richtige Herausforderung für sie und für Adesso.

Herr Erpenbeck kam auf Mila zu und schüttelte ihr die Hand. „Du kannst Adesso erst ein wenig abreiten. Ich muss noch kurz ins Büro, um ein wichtiges Telefonat zu erledigen."

Mila war die kleine Verzögerung sehr recht. Das gab ihr die Möglichkeit, sich mit der Halle vertraut zu machen.

Adesso war aufmerksam und reagierte auf jede Hilfe geschmeidig und durchlässig.

Mila lobte ihn und bemerkte gar nicht, dass Herr Erpenbeck schon wieder in der Halle eingetroffen war.

„Nicht schlecht, Mila!“, sagte er. „Weißt du, Höhe und Weite trainieren ist das eine, aber die Rittigkeit ist viel wichtiger. Wir werden jetzt ganz in Ruhe trainieren, wie du in diesem schwierigen Parcours deinen Galopprhythmus halten kannst und die Sprünge richtig ausbalancierst.“

Mila nickte.

Herr Erpenbeck deutete auf einen Steilsprung, davor und dahinter lag je eine Galoppstange.

„Damit kann man die Balance gut trainieren“, erklärte er. „Fangen wir doch damit an.“

Nach ein paar Minuten bereute Mila es überhaupt nicht mehr, hierhergekommen zu sein. Und nach ein paar weiteren Minuten glühten ihre Wangen vor Begeisterung und sie wünschte sich nichts sehnlicher, als dass diese Reitstunde niemals enden würde.

Adesso schnaubte immer wieder glücklich und er gab sich die größte Mühe, jedes der Hindernisse möglichst hoch und weit zu springen. Es war wie Fliegen … nur irgendwie noch schöner.

„Gut gemacht“, sagte Herr Erpenbeck. „Die Lösungsphase ist besonders wichtig!“

Mila war stolz. Sie hatte nicht erwartet, dass Herr Erpenbeck, der strenge Herr Erpenbeck, sie so viel loben würde.

„Das war's für heute", sagte er schließlich. „Zumindest von meiner Seite aus. Wir sehen uns morgen wieder!"

„Puh, ich kann nicht mehr!", sagte Charly. „War Herr Erpenbeck auch so streng mit dir? Ich habe das Gefühl, er hatte an allem was zu meckern. Mein Sitz, meine Paraden, meine Hände … Das war echt anstrengend."

Mila sagte nichts. Warum war Herr Erpenbeck bei ihr nicht so kritisch gewesen? Sie ritt nicht besser als Charly. Ganz im Gegenteil. Aber vielleicht irgendwie anders?

„Komm. Wir laufen ein Stück zum äußeren Reitplatz und ich massiere dir den königlichen Rücken."

Charly funkelte sie böse an und legte den Zeigefinger auf die Lippen. „Psst, nicht so laut", zischte sie. „Nele hat eh schon überall rumerzählt, dass wir mit einer Limousine gekommen sind. Ich will kein Aufsehen erregen."

Tatsächlich hatten sich zwei Teilnehmerinnen nach Charly und Mila umgesehen.

Mila grinste sie an und winkte.

„Hallo, wie geht's?", fragte sie in belanglosem Ton und

ging fröhlich an ihnen vorbei. „Siehst du, alles kein Problem. Wir fallen überhaupt nicht auf."

„Mila, du bist unmöglich. Erst krieg ich dich kaum dazu mitzufahren, dann regst du dich total über Nele auf und jetzt bist du komplett überdreht. Aus dir werd ich echt nicht schlau."

Mila schob den Hufeisenanhänger ihrer Halskette hin und her. „Also ehrlich gesagt, ich auch nicht. Ist mir aber gerade wurst. Komm, lass uns gehen."

Das Gelände von Gut Ammernweide war wirklich herrlich. Charly und Mila stiegen eine kleine Anhöhe hinauf und konnten von dort kilometerweit über die flache, sommerliche Landschaft blicken. Sie setzten sich ins Gras und lehnten ihre Schultern aneinander.

„Ich bin so froh, dass du meine Freundin bist", sagte Mila. „Du bist wie Adesso – nur als Mensch. Du bist immer da und ich kann mich auf dich verlassen. Ganz anders als …"

„ … als Michel?", fragte Charly und zog eine Augenbraue nach oben.

„Zum Beispiel", antwortete Mila düster. „Der ist echt eine Enttäuschung."

„Sehe ich ein wenig anders, aber das weißt du ja“, meinte Charly. Dann deutete sie nach vorne. „Guck mal, sind das da vorne nicht Nele und Fairy?“

Mila kniff die Augen zusammen. Sie sah ein helles Pferd und einen quietschtürkisfarbenen Fleck, der gut das T-Shirt sein konnte, das Nele vorhin getragen hatte.

„Aber sag mal, was machen die denn?“ Charly klang besorgt. Sie stand auf, um besser sehen zu können. „Nein! Das darf sie nicht. Warum tut sie Fairy so was an? Das ist Tierquälerei, ich muss sofort da hin!“ Sie rannte los.

„He, warte, was ist denn?“, fragte Mila erschrocken und trabte Charly verwirrt hinterher.

Doch schon bald sah sie ziemlich deutlich, was Charly gemeint hatte. Nele trainierte einige Dressurfiguren. Und dabei hielt sie Fairys Zügel so straff, dass Fairy ihren Hals rund nach unten bog und die Nase auf das Brustbein drückte. Mila hatte davon gehört. Das Ganze hieß Rollkur und sollte die Pferde gefügiger und geschmeidiger machen. In Wahrheit war diese Haltung für die Tiere sehr schädlich, denn sie überdehnte die Knochen, Bänder und Sehnen und zu allem Übel konnte das Pferd überhaupt nicht sehen, wohin es lief. Für Fluchttiere ein unerträglicher Zustand!

„Aufhören“, schrie Charly, die schon beinahe bei Nele angekommen war. „Sofort damit aufhören!“

Nele blickte auf und ließ die Zügel locker.

Augenblicklich streckte Fairy ihren Hals aus und in eine natürliche Position.

Mila sah, dass Nele sich ertappt fühlte. Das hielt sie aber nicht davon ab, erst einmal loszuschimpfen.

„Das ist ja wohl meine Sache, wie ich Fairy trainiere!“, schrie sie Charly an. „Kümmert euch gefälligst um eure eigenen Angelegenheiten. Falls es euch nicht klar ist: Diese Übung ist erlaubt und für zehn Minuten auch überhaupt nicht schädlich, kapiert? Fairy geht es gut! So werde ich wenigstens konkurrenzfähig. Bei diesem Heititei und Schmusekurs, der auf *Inselglück* gefahren wird, kommen wir doch nie zu was!“

„Du hast doch wohl nicht mehr alle Striegel in der Putzbox!“ Charly war völlig außer sich. „Tu doch nicht so unschuldig. Du weißt genau, dass Fairy das überhaupt nicht gefällt. Ich dachte immer, dass wir zumindest eine Gemeinsamkeit haben: die Liebe zu den Pferden! Aber da hab ich mich ganz offensichtlich getäuscht. Pfui Teufel! Und ich habe dich auch noch vor Mila verteidigt, aber sie hat einfach nur recht.“

Mila war mittlerweile schnaufend am Gatter angekommen. In ihr breitete sich ein warmes Gefühl aus. Sie war richtig stolz auf Charly. Wenn es um das Wohl der Pferde ging, verstand sie eben keinen Spaß.

Nele war nun ebenfalls ans Gatter getreten und funkelte die beiden Freundinnen an.

„Ihr wisst, dass diese Übung nicht verboten ist. Also können auch Frau Steinbach, Luke und ihr alle mich nicht daran hindern, Fairy für den Erfolg im Reitsport fit zu machen. Im Gegensatz zu euch bin ich darauf angewiesen, dass das auch klappt. Denn ohne Kohle kann ich meinen Vater nicht unterstützen, verstanden? Also lasst mich bloß in Ruhe."

Mila wusste, dass Nele recht hatte. Diese Form von Training – auch Hyperflexion des Halses genannt – war zwar höchst umstritten, aber für einen kurzen Zeitraum leider erlaubt. Auch wenn alle Tierschutzverbände dagegen Alarm schlugen. Auf *Inselglück* waren sich alle einig, dass man dies den Tieren auf keinen Fall antun durfte. Mila hatte es bisher für selbstverständlich gehalten, dass sich auch alle Schüler an dieses Gebot hielten.

Mila versuchte, ruhig mit Nele zu sprechen.

„Ich verstehe ja, dass ein großer Druck auf dir lastet.

Bestimmt mehr als auf Charly oder mir. Aber Nele, das ist doch nicht der richtige Weg. Auf diese Art machst du dich und auch Fairy kaputt. Du liebst sie doch, oder?"

„Das tue ich. Mehr als alles andere. Und wenn ich sie behalten will, dann müssen Erfolge her. Kapiert?", zischte Nele wütend. „Außerdem: Wer, glaubst du, hat mir dazu geraten? Michel! Jawohl, dein ach so guter und lieber Michel!"

Mila blieb für einen Moment der Atem weg. Nein, das konnte wirklich nicht sein. Oder? Sie sah Charly an.

„Ich muss wieder zurück", sagte sie matt. „Mir ist schlecht."

# Am Boden

Die nächsten Stunden tapste Mila herum wie im Traum. Sie tat alles, was von ihr verlangt wurde: nahm am Theorieunterricht teil, trainierte, kümmerte sich um Adesso, unterhielt sich mit den anderen Workshop-Teilnehmern und aß sogar eine ordentliche Portion Abendessen, obwohl es lange nicht so gut war wie Frau Käthes. Sie kam sich vor wie ein Roboter, der sein gelerntes Verhalten abspulte, an den richtigen Stellen lachte und das tat, was man von ihm verlangte. Sogar Charly merkte nicht, dass sie sich wie ferngesteuert fühlte.

Nur Michel und Nele ging sie aus dem Weg. Immer wenn sie einen von beiden sah, bog sie ab oder blickte in die andere Richtung.

Nach dem Abendessen besuchte sie Adesso, kuschelte noch eine Runde mit ihm und gab ihm eine Handvoll

Extra-Kraftfutter. Dann duschte sie sich ausgiebig und ging vor allen anderen ins Bett.

Am nächsten Morgen wurde sie von den warmen Sonnenstrahlen, die auf ihrem Gesicht tanzten, wach. Charly und Nele schliefen noch, also schlich sie möglichst leise ins Bad und machte eine Katzenwäsche.

Zum Glück war es überall noch ruhig und friedlich. Sie sah auf die Uhr. Kein Wunder, kurz nach sechs. Das hatte sie die ganzen Ferien noch nicht hingekriegt. Sie überlegte, ob sie erst in den Frühstücksraum oder lieber in den Stall gehen sollte. Ihr Magen knurrte zwar, aber die Sehnsucht nach Adesso war größer.

Auch im Stall war noch kein Mensch zu sehen. Ab und zu stieß ein Pferd mit dem Huf gegen eine der hölzernen Türen, immer mal wieder hörte man ein zufriedenes Schnauben.

Adesso freute sich, Mila zu sehen. Er streckte sofort seinen Kopf über die Boxentür und spitzte die Ohren. Sein Schweif pendelte dabei leicht hin und her.

„Na, hast du die Nacht mit all den fremden Pferden gut überstanden?“, fragte sie und strich ihm über die Nase. „Warte noch kurz, ich will nur sehen, wie es Vanilla und Fairy geht.“

Die beiden Stuten waren in der gegenüberliegenden Boxenreihe untergebracht und streckten ebenfalls den Kopf heraus, als sie Milas Stimme hörten. Mila gab ihnen je eine halbe Karotte. Dann sah sie sich Fairy genauer an. Ihr weißes Fell glänzte und sie blickte Mila wachsam und ein wenig stolz an. Sie war wirklich ein prächtiges Tier. Und sie hatte sich gut erholt. Noch vor ein paar Wochen war die Stute in einem erbärmlichen Zustand gewesen. Neles Vater hatte sie aus Geldmangel verkaufen müssen und bei ihrem neuen Besitzer hatte Fairy aus lauter Sehnsucht nach Nele nichts mehr gefressen. Charly und Mila war es gelungen, dass Nele die Stute wieder reiten durfte. Der neue Besitzer war nett gewesen und Mila verstand nicht so richtig, warum Nele unter so großem Erfolgsdruck stand. Durfte sie Fairy nur weiter reiten, wenn sie Turniersiege errang? Oder war das alles ein großes Missverständnis?

„Ist ja schön, dass du wenigstens nichts gegen Fairy hast!“ Michel stand plötzlich hinter Mila.

Mila fuhr erschrocken herum: „Warum sollte ich? Fairy kann doch nichts für Neles Verhalten. Oder für deines. Ich bin so enttäuscht von dir. Ich glaube, es ist besser, wir gehen uns eine Zeit lang aus dem Weg.“

„Wenn du meinst“, antwortete Michel mit eiskalter Stimme. „Es war meine Entscheidung. Alles. Und du wirst damit leben müssen, dass ich meine eigenen Werte und Überzeugungen habe. Es tut mir leid für dich, dass du die nicht teilst. Wenn du deine Meinung änderst, lass es mich wissen.“

„Pah, schöne Werte und Überzeugungen sind das“, pampte Mila ihn an. „Ich pfeif auf solche Überzeugungen. Wie soll ich die teilen? Michel Gründgen, ich erkenne dich gar nicht wieder.“

Mila machte auf dem Absatz kehrt und rannte aus dem Stall. Sie verstand die Welt nicht mehr.

„Willkommen zu unserem kleinen Übungsturnier. Ihr habt alle hart trainiert und jetzt proben wir den Ernstfall. Vielleicht beginnen wir mit den drei *Inselglück*-Mädchen?“

Mila lief ein Schauer über den Rücken. Das klang ja so, als wären Charly, Nele und sie ein Team. Gruselig.

Nele hatte ihr arrogantes Siegerlächeln aufgesetzt und flötete: „Natürlich. Ich würde gerne anfangen. Darf ich?“

„Gerne“, sagte Herr Erpenbeck. „Dann mal los.“

Nele galoppierte an. Mila sah sofort, dass sie die Zügel

viel zu fest zog und die Nase von Fairy zum Brustbein bog.

Plötzlich ging ein Schrei durch die Halle. Michel war von der Zuschauerbank aufgesprungen und schrie, so laut er konnte: „Nele, was in aller Welt machst du da? Hör sofort damit auf."

Doch Nele ritt unbeirrt weiter.

Und dann ging alles ganz schnell. Nele verlor schon während des kurzen Galopps zum Oxer die Balance. Instinktiv zog sie noch mehr an den Zügeln. Fairy verweigerte den Sprung und hielt ruckartig an. Nele konnte sich nicht mehr halten und fiel am Pferdekopf vorbei auf den Boden. WUMMMS! Fairy tänzelte zur Seite, bemüht, nicht auf Nele zu treten.

Die blieb einfach liegen.

Es war still in der Halle.

Zu still.

Sogar Milas Herz setzte einen Schlag aus.

# Abschied mit Schmerzen

Der Schreck dauerte kurz an, doch dann sprintete Mila zu Nele. Jetzt war es egal, dass sie sich gerade noch über sie geärgert hatte.

Herr Erpenbeck war jedoch schneller.

„Nele?“, fragte er.

Nele schlug die Augen auf und nickte schwach.

„Wie fühlst du dich? Kannst du dich bewegen?“

Nele bewegte ihre Arme und Beine wie in Zeitlupe.

„Es scheint nichts gebrochen zu sein“, meinte Herr Erpenbeck.

„Ich … krieg … keine … Luft“, presste Nele hervor.

Mila kniete sich neben Nele und nahm ihre Hand. „Das ist ganz normal. Du bist auf den Rücken gefallen. Da bleibt einem erst mal die Puste weg.“

„Die … Rippen …“, hauchte Nele.

„Bleib liegen, Nele. Ich rufe den Krankenwagen. Mila, bleibst du einen Moment bei deiner Freundin?“ Herr Erpenbeck eilte nach draußen.

Freundin? Na ja. Wohl eher das Gegenteil, fuhr es Mila durch den Kopf.

Nele verzog das Gesicht vor Schmerzen.

Das, was Nele getan hatte, war falsch gewesen. Trotzdem hatte Mila nun Mitleid mit ihr. Ganz im Gegenteil zu Michel, der mit wütendem Gesicht quer durch die Halle marschierte.

„Du Heuchlerin“, herrschte er Nele an. „Du hast dich bei mir eingeschleimt und jetzt das? Deswegen wolltest du alles über die Rollkur wissen. Und hast megaentsetzt getan. Nur damit du es selbst anwenden kannst! Pfui Teufel. Deine ganzen Briefe und deine falsche Freundschaft kannst du dir im Übrigen auch in die Haare schmieren.“

Nele stöhnte.

„Du hast ihr das mit der Rollkur doch eingeredet!“ Mila pikte mit dem Zeigefinger auf Michels Brust. „Zumindest hat Nele das erzählt.“

„Ich? Glaubst du, mich reitet ein Geisterpferd? Niemals. Das ist Tierquälerei. Und wenn du glaubst, ich finde das gut, dann hast du aber gar nichts kapiert, Mila Hofer." Michel war dermaßen aufgebracht, dass er zitterte.

„He, ihr beiden!" Charly zog Mila und Michel am Ärmel von Nele weg. „Das ist jetzt nicht der richtige Ort und nicht der richtige Zeitpunkt für einen Streit!", sagte sie entschlossen.

Mila und Michel rissen sich im selben Moment von Charly los: „Das ist kein Streit, sondern eine Aussprache!", schrien sie gleichzeitig.

Sie sahen einander erschrocken an.

„Zumindest seid ihr euch schon mal in diesem Punkt einig", sagte Charly trocken und schob sie in Richtung Hallenausgang.

„Sie sind in einer Stunde hier", sagte Charly und legte ihr Handy auf den Tisch.

„Mit einem zusätzlichen Anhänger für Fairy."

Nele saß mit versteinertem Gesicht daneben. Es passte ihr überhaupt nicht, dass Charly, Michel und Mila beschlossen hatten, den Workshop vorzeitig abzubrechen und mit ihr nach Marum zurückzufahren.

„Ah, super. Auf die Fahrer deiner Eltern ist wirklich Verlass", sagte Mila. „Ich will einfach nur nach Hause. Die

Reitstunden bei Herrn Erpenbeck waren toll, keine Frage. Aber ich bin dermaßen fertig und durcheinander … Zum Glück haben die Sanitäter Entwarnung gegeben. Eine Rippenprellung ist zwar scheußlich schmerzhaft, Nele, aber du fällst nicht lange aus."

Nele blickte zur Seite. Plötzlich begann sie zu weinen. „Das ist alles so furchtbar. Ihr solltet eigentlich gemein zu mir sein und euch nicht um mich kümmern und überhaupt: Warum müsst ihr so scheiße freundlich sein? Ihr kapiert es einfach nicht. Wir können nicht befreundet sein. Wir sind Konkurrenten. Und um Konkurrenten sorgt man sich nicht, sondern man freut sich, wenn sie ausgeschaltet sind."

„Wenn es dir besser geht, sind wir wieder knallharte Konkurrenten, okay?" Mila grinste. „Unter einer Bedingung: keine Rollkur mehr!"

„Ich glaube, auf den Deal kann ich mich einlassen", sagte Nele düster und streckte ihr die Hand hin.

Mila schlug ein.

„Dass du überhaupt in Erwägung gezogen hast, dass ich Nele die Rollkur empfehle, wäre schon Grund genug, dir nie mehr im Leben zu verzeihen", sagte Michel, als sie die

Pferde für den Heimweg fertig machten. „Bitte, frag mich das nächste Mal, wenn dir etwas komisch vorkommt, ist das möglich?“

„Jaaa“, antwortete Mila gedehnt.

Sie war wirklich zerknirscht. Michel und sie hatten sich in aller Ruhe ausgesprochen. Er hatte ihr erzählt, dass er Neles andere Seite kennengelernt hatte, als sie zusammen Fairy aufgepäppelt hatten. Sie hatten dabei festgestellt, dass sie beide Gedichte schrieben. Als es Fairy wieder besser ging, hatten sie sich weiterhin ihre Gedichte als Briefe gegeben. Und so war eine Art heimliche Freundschaft entstanden. Nach außen hin hatte Nele weiter so getan, als könne sie Michel nicht leiden, und Michel hatte auch niemandem von der Sache erzählt.

Mila staunte. Das hatte sie nicht geahnt. Michel hatte ihr gebeichtet, dass er erst in einen Gewissenskonflikt geraten sei, als Nele ihm geschrieben habe, dass sie sich die Teilnahme am Workshop über ihren Vater erschlichen hatte. Er hatte das doof und überhaupt nicht richtig gefunden, hatte aber nicht gewusst, ob und wie er es Mila und Charly hätte sagen sollen. Und er hatte Mila Stein und Bein geschworen, dass er nichts von Neles Vorhaben mit der Rollkur gewusst hatte. Mila hatte ihm geglaubt.

Gerne sogar. Sie war erleichtert, dass sich alles aufgeklärt hatte. Und sie schämte sich, dass ihre Fantasie mit ihr durchgegangen war und sie geglaubt hatte, Michel sei ein pferdequälender Spion – oder etwas Ähnliches. Jetzt freute sie sich auf *Inselglück*. Auf ein wenig Ruhe und … ihr Handy brummte. Es war eine Nachricht von Basti Hinterhofer.

Mila strahlte: „Leute, wie gut, dass wir bald wieder auf Marum sind. Sonst hätten wir definitiv die Party unseres Lebens verpasst. Basti hat uns für morgen zum Maulballspielen eingeladen. Mit anschließendem Lagerfeuer und allem, was dazugehört."

Charly kam um die Ecke und klopfte auf ihre Hosentasche. „Weiß ich schon lange", sagte sie und lachte. „Ich habe schließlich einen Exklusivinformanten direkt vor Ort. Und ich habe geheime Zusatzinformationen. Tini hat mir ein Foto von den Essensvorbereitungen geschickt."

# Brot, Spiele, Pferde und Liebe?

„Ich will das alles nicht“, maulte Tini. „Ich will nicht, dass Basti und die Inselindianer wieder nach Hause gehen, ich will nicht, dass die Ferien bald zu Ende sind, ich will nicht aufhören mit meinem *Essen auf Hufen*. ICH WILL EINFACH NICHT!“

Mila konnte ihre Cousine gut verstehen. Solange sie zurückdenken konnte, waren diese Ferien die schönsten, erholsamsten, spannendsten und gemütlichsten gewesen, die sie je erlebt hatte.

„Keine Sorge, Tini. Basti und die anderen kommen bestimmt wieder. Und das *Essen auf Hufen* musst du doch nicht aufgeben. Kannst du doch nach der Schule machen …“ Mila sah Tini an und stutzte: „Sag mal, was hast du denn da in deinem Nasenloch stecken?“, fragte sie.

„Einen Hustenbonbon“, antwortete Tini. „Ich inhaliere die Dämpfe, damit ich kein Gerippe kriege. Erst hatte es Peter und jetzt liegt Jan mit diesem Sommergerippe im Bett. Nee, danke!“

Michel lachte. „Tut das nicht weh? Ich meine, dieser Riesenbonbon in deiner kleinen Nase?“

„Nein“, antwortete Tini, popelte sich den Bonbon aus dem einen Nasenloch und steckte ihn in den anderen. „Wenn es drückt, wechsle ich die Seiten.“

„Dann wissen wir dank dir, was zu tun ist, sollte uns einmal so ein Gerippe anfallen“, meinte Charly zufrieden. „Lasst uns ein wenig schneller traben. Ich will jetzt endlich Tom wiedersehen.“

Mila hatte aufgehört, die Male zu zählen, die sie sich in diesem Sommer auf den Weg zum Hof der Petersens gemacht hatte. Viele, viele Male. Trotzdem konnte sie sich an der Dünenlandschaft nicht sattsehen und an dem rauen Seewind nicht sattfühlen. Marum war mittlerweile ihr Zuhause.

Sie freute sich auf das Fest. Schade war nur, dass Jan nicht dabei sein konnte. Er hatte die letzten zwei Tage hohes Fieber gehabt und musste das Bett hüten. Beim Maulball hätte er bestimmt super abgeschnitten. Sein Isländer Baldri war ein richtiges Partypferd und hätte sicher eine prima Figur gemacht. Trotzdem war Mila gut gelaunt. Mit Michel hatte sich alles wieder eingerenkt, es war sogar ein wenig inniger als zuvor. Und Nele und sie hatten zumindest Waffenstillstand geschlossen. Bis auf Weiteres. Von Freundschaft war das weit entfernt, aber sie musste sich auch nicht auf fiese Attacken einstellen. Alles gut für den Augenblick. Sehr gut sogar.

„He, da seid ihr ja! Herzlich willkommen!" Basti winkte ihnen von Frekis Rücken aus zu und versuchte gleichzeitig, einem großen roten Gymnastikball nachzureiten, den Linas Hengst Renato quer über die Koppel gestupst hatte. „Ich brauche euch alle in meinem Team", rief er. „Gegen die geballte Mädels-Power habe ich keine Chance. Tom und ich liegen schon 1:5 im Rückstand."

Mila trabte zu Basti.

„Du Armer", sagte sie grinsend. „Hilfe in Form von Charly und mir naht. Oder besser in Form von Adesso und Vanilla!"

Sie sah sich um. Charly war dicht an Tom herangeritten und hielt mit ihm Händchen. „Das gilt aber nicht!", rief Mila. „Das ist Doping durch Glücksgefühle!"

„Und wie das gilt“, rief Tom und nahm Frekis Pass an. Dann stupste seine weiße Araberstute den Ball ins gegnerische Tor. „Allein durch Liebes-Power. 2:5.“

Hannah und Ella kreischten und ritten einen Gegenangriff. Mila und Adesso wehrten ab und BOING! BOING! sprang der Ball erneut ins Tor. Allerdings in ihr eigenes.

„Na, und dir fehlt wohl die Liebes-Power“, feixte Michel und ritt auf Pferdinand dicht an ihr vorbei. Er zwinkerte ihr zu und lächelte sein unverwechselbares Michel-Lächeln. Mila wurde flau im Magen und ihr fiel keine passende Antwort ein. Verflixt. Na warte. Michel würde sie es schon noch zeigen. Und wenn nicht mit Worten, dann mit dem perfekten Tor. Und diesmal auf der richtigen Seite!

Sie spielten, bis es zu dämmern begann. Doch als es immer dunkler wurde, fing auch Milas Magen an zu knurren.

„Es steht 52:52“, rief Basti. „Ein guter Zeitpunkt aufzuhören. Wir werden das nächste Jahr nutzen, um hart zu trainieren und euch dann im Sommer in Grund und Boden zu maulballen. Wer hilft mir mit dem Feuer?“

Mila und Michel halfen Basti beim Holzsammeln. Ella, Lina und Sarah machten Stockbrotteig und Charly und Tom turtelten durch die Gegend. Mila blickte ihnen nach und seufzte ein wenig neidisch. Wie gerne würde sie jetzt auch in den Armen von Jan liegen … Sie hielt inne. Irgendetwas an diesem Gedanken fühlte sich komisch an. Na ja, sie war sicher nur traurig, dass Jan nicht dabei sein konnte. Oder?

Mila stopfte kleine Papierbällchen unter das aufgeschichtete Holz. Dann zündete sie eines davon an und warf es hinterher. Innerhalb weniger Minuten brannten die Scheite und Mila holte sich einen Stock für das Stockbrot. Sie wickelte ein wenig von dem Teig darum, der auf einem klapprigen Tisch neben den Tipis stand.

„Komm, wir setzen uns", hörte sie Michel sagen, der hinter ihr aufgetaucht war. „Das Feuer prasselt so schön und der Abend ist einfach herrlich."

Michel sagte es mit ruhiger, klarer Stimme. Mit der Stimme, die Mila so gern mochte. Und plötzlich wusste Mila, was sie sich wünschte. Ob das alles nur für diesen einen Augenblick galt? Oder für länger? Sie wusste es nicht. In ihrem Herzen war alles durcheinander. Allerdings ein Durcheinander, das sich schön anfühlte. Verwirrend schön. Sie drehte sich um und lächelte Michel an. „Ja, lass uns zusammen zum Feuer gehen!", sagte sie, nahm seine Hand und drückte sie fest.

**Emma Norden** wurde 1978 geboren und malte sich schon als kleines Mädchen aus, Schülerin eines Reitinternats zu sein. Gerne wäre Emma so wie Mila und würde mit ihrem Traumpferd Adesso spannende Abenteuer erleben. Aber statt am Strand entlangzugaloppieren, schreibt sie fleißig Geschichten und wird von ihren Kindern auf Trab gehalten.

# Dolphin Dreams

**Ein kurzer Blick in seine sanften Augen genügt und Annie ist sich sicher, dass Ocean bis in ihr Herz sehen kann.**

ISBN 978-3-7855-8815-4

Ab dem Moment, als sie den Delfin aus einer Angelschnur befreit, verbindet die beiden eine ganz besondere Freundschaft. Die beiden schwimmen gemeinsam im Meer und üben sogar den ein oder anderen Trick.
Als Annie bei einem Sturm mit ihrem Boot kentert, wird Ocean schließlich zu ihrer einzigen Hoffnung, den meterhohen Wellen zu entkommen ...

Loewe

# FREUT EUCH AUF EIN WEITERES DELFIN-ABENTEUER!

## AB MÄRZ 2018

ISBN 978-3-7855-8900-7

Loewe